HITTE

VICTOR JESTIN

HITTE

Roman

Vertaald uit het Frans
door Josephine Rijnaarts

KOPPERNIK

Oorspronkelijke titel *La chaleur*

Vormgeving Koppernik

ISBN 978 90 832 9555 8 / NUR 302

www.koppernik.nl

‘Je loopt door de wereld
als een open scheermes,
we snijden ons aan je.’

Georg Büchner – *Woyzeck*

Oscar is dood omdat ik toekeek toen hij doodging, zonder een vinger uit te steken. Hij is gewurgd door de touwen van een schommel, zoals kinderen in de korte nieuwsberichten. Oscar was geen kind. Op je zeventiende ga je niet per ongeluk op die manier dood. Je knijpt je keel dicht om iets te voelen. Misschien zocht hij een nieuwe vorm van genot. Daarvoor waren we tenslotte allemaal hier, voor het genot. Hoe dan ook, ik stak geen vinger uit. Daar begon het allemaal mee.

Het was de laatste vrijdag van augustus. Het was al laat, de hele camping sliep. Alleen de jongeren op het strand waren nog op. Ik was daar niet bij, ook al was ik zeventien. Ik probeerde te slapen, maar hun muziek hield me wakker. Die woei samen met het geluid van de golven en hun gelach over het duin. Als de muziek verstomde, hoorde ik mijn ouders rommelen in hun tent. Ik kon niet stilliggen. Onder mijn luchtbed voelde ik steentjes en er plakte zand aan mijn huid. Soms zakte ik even weg, maar dan riep er weer iemand op het strand. Het was een soort wrede, tegen mij gerichte vreugde, een woeste dans rond mijn tent. Ik was aan het eind van mijn Latijn. Nog één dag en de vakantie was voorbij.

Die avond besloot ik op te staan en een eindje te lopen. Aan deze kant van het duin was het rustig. De tenten en bungalows vervaagden. Alleen de condoomautomaat lichtte op. Daarop stond: BESCHERM JEZELF, maar wat er vooral werd bedoeld was: Doe het! Elke avond waren er jongeren die er een paar kochten, trots en beschaamd. Een condoom kopen was net of je het al een beetje deed. Het ding eindigde vaak als een ballonnetje dat knapte in de lucht, alsof er diep in een hart iets kapotsprong. Ik had het op die camping niet makkelijk. Al twee weken zwierf ik over de paden, zoekend naar zijpaadjes om de tijd te verdrijven. Ik was naar alle feesten geweest. Ik had mijn best gedaan. En elke keer was ik er na een paar glazen tussenuit geknepen, dan deed ik alsof ik nog een drankje ging halen om ongezien langs het strand terug te kunnen lopen. Maar slapen was er niet bij. De muziek ging door. En een drukkend gevoel op mijn borst maakte dat ik tot de ochtend gespannen was.

Op een van mijn zijpaadjes kwam ik die laatste avond bij Oscar uit. Ik liep langs de speeltuin en ontdekte hem op de schommel. Hij was dronken. De touwen zaten rond zijn nek. Eerst vroeg ik me af wat hij daar deed. Eerder die avond had ik hem samen met de anderen op het strand zien dansen. Hij had Luce gekust en ik had bijna overgegeven, ik zag het weer voor me, hun vrijwel naakte lichamen tekenden zich af tegen de donkere lucht. Nu hing hij daar alleen op een schommel en ik realiseerde me dat hij doodging. De touwen wurgden hem langzaam. Hij had dat zelf gedaan en aan zijn gezicht te zien was hij misschien van mening veranderd. Ik bleef roerloos staan. Niets bewoog op dat eenzame veldje. De maan ging schuil achter de hoog oprijzende pijnbomen. Opeens zag Oscar me: zijn ogen hielden de mijne vast en lieten ze niet meer los. Hij opende zijn mond, maar er kwam geen geluid uit. Hij bewoog zijn voeten maar zijn lichaam bewoog niet mee. Zo keken we elkaar aan. De afgelopen dagen had ik soms gewild dat hij verdween, dat klopt, als ik hem zag lachen in zijn blauwe zwembroek. Aan de andere kant van het duin ging de muziek onverstoorbaar door, ik herkende het refrein: *Blow a kiss, fire a gun... We need someone to lean on...* Het kostte tijd. Sterven door wurging is geen snelle dood. Het duurde en duurde en het moment van zijn dood heb ik gemist. Wel voelde ik me steeds meer alleen. Na een tijdje zakte zijn hoofd voorover, waardoor de touwen een ruk moeten hebben gekregen, want ze zwiepten de andere kant op, draaiden steeds sneller open en lieten hem los. Hij viel als een zoutzak op de zachte grond van het veldje.

Ik had in die zeventien jaar weinig stommiteiten begaan. Wat ik nu deed was moeilijk te begrijpen. Het gebeurde allemaal te snel en het was te heftig. Ik liep naar Oscar en raakte zijn schouder aan, ik schudde hem door elkaar en sloeg hem. Zijn lege blik gleed over me heen toen ik hem omdraaide. Ik wilde nadenken, maar van het strand kwamen stemmen. Een groepje dat terugliep naar de camping. Ze praatten hard, ook zij waren dronken. Ze zouden naar me kunnen luisteren. Ik riep, maar mijn stem was te zwak en kwam niet ver genoeg. Lachend liepen ze door. 'Koppen dicht!' schreeuwde een man vanuit zijn tent. Ze verdwenen. Ook de muziek op het strand verstomde. Er kwamen er nog een paar langs, de laatsten. Ik ben een hele tijd blijven staan, in dat speeltuintje, zonder me te verstoppen. Helemaal alleen, met aan mijn voeten Oscar, die dood bleef.

Plotseling bedacht ik dat ik hem had vermoord, en daarna kon ik nergens anders meer aan denken. Het enige wat nog bestond was dat logge lichaam. En toen kwam helder en duidelijk het beeld bij me op van een grote kuil die kinderen die middag in het duin hadden gegraven. Het leek me logisch dat Oscar moest verdwijnen. Ik dacht er verder niet bij na. Misschien voelde ik wel dat wat ik nu deed pas echt stom was, maar ik deed het toch, om tenminste iets te doen. Ik pakte hem bij zijn benen. Hij was niet zo zwaar. Ik trok hem mee. We kwamen langzaam vooruit, eerst over het veldje met de speeltuin, daarna over een grindpad, het gras van een lege kampeerplek, een dunne zandlaag. Bij elk oppervlak veranderde het geluid dat het lichaam maakte. Ik concentreerde me op mijn bewegingen zodat ik nergens aan hoefde te denken en niet hoefde te beseffen wat deze ogenblikken betekenden. Ik sleepte met een lichaam, dat was alles. Voor de duinovergang bleef ik even staan. Het was stil. Oscar was zo stil. De lucht was frisser, bijna aangenaam. Het moest middernacht zijn. Omhoog ging het nog langzamer, we zakten weg in het zand, bleven haken aan de distels. Veel mensen bezeerden zich als ze daar met hun blote voeten in trapten. Eindelijk dook het strand op. Het was verlaten en lag bezaaid met afval, dat 's ochtends opgeruimd zou moeten worden. Even overwoog ik om Oscar in zee te leggen, zodat de golven hem mee konden nemen. Maar het water was te laag. De zee was ver weg en ik was al bekaf. Dus toch maar de kuil. Ik liet Oscar los, liep het duin af en vond de kuil moeiteloos, vlak bij de strandvlag. Hij was te klein. Ik ging op mijn knieën zitten en maakte hem groter, zodat er een tiener in paste. Ik hield niet van zand dat onder mijn nagels kroop en langs mijn huid schuurde, maar deze keer stortte ik me er domweg op, energiek en met grote armbewegingen. Toen ik tevreden was met het resultaat ging ik Oscar halen. Ik trok hem naar de kuil en duwde hem erin, met zijn benen opzij gebogen. Zijn gezicht was vuil. Het zat onder het stof. Ik maakte het met mijn vingertoppen schoon. Daarna gooide ik er weer zand op, ook op de rest van zijn lichaam. Ik deed er lang over en dacht nergens aan. Ik luisterde naar mijn ademhaling en het geluid van de golven.

Op het laatst was er in plaats van de kuil alleen nog zand en drukte Oscar, begraven onder dat zand, niet meer zo zwaar op me. Ik vergat hem zelfs een beetje. Ik kwam overeind en keek naar de heldere hemel. Er klonk een muziekje. Ik begreep dat het geluid van beneden kwam. Ik ging weer op mijn knieën zitten en maakte al mijn werk ongedaan. Ik had diep gegraven. Het deuntje begon telkens van voren af aan. Na een tijdje kwam ik bij Oscar – zijn telefoon ging over in zijn zwembroek, het was Luce die belde. Ik zette het apparaatje uit en stopte het in mijn zak. Niemand had het gehoord. Iedereen was ver weg. Ik kwam weer op adem en maakte de kuil opnieuw dicht, even zorgvuldig als de eerste keer.

Het moest heel laat zijn. Ik was alleen en alles leek zoals het hoorde. Aan weerszijden van het duin, op het strand en op de camping, was het stil onder de sterren. Ik wilde nog iets doen. Op handen en voeten, als een hond, ging ik dezelfde weg terug en wiste mijn sporen uit. Toen ook dat gebeurd was, durfde ik niet terug naar mijn tent. Ik dacht aan mijn ouders, die nu lagen te slapen, aan mijn zusje en mijn broer, die ook sliepen. Alle feesten waren afgelopen. Ik besloot een strandwandeling te maken. Ik liep langs de kust met mijn voeten door het water. Het was eb en het lage tij legde rotsen bloot die ik nog nooit had gezien. Gaandeweg merkte ik hoe stijf mijn lichaam was, afgepeigerd door de inspanning. Ik probeerde na te denken over wat ik had gedaan en iets te voelen. Maar mijn ogen vielen dicht. Ik wankelde door het water. Het begon te schemeren.

Ik liep terug. Onderweg kwam ik een jogger tegen die vroeg was opgestaan en op weg was naar het bos. In mijn tent viel ik met mijn kleren aan in slaap. De laatste dag van mijn vakantie lag voor me, de warmste – de warmste dag zelfs die het land in zeventien jaar had meegemaakt. Ze hadden ons gewaarschuwd. Het was aangekondigd door de aan de pijnbomen bevestigde luidsprekers, waarvan er een vlak boven mijn hoofd hing en me elke ochtend wakker maakte.

*

'Een hele goede morgen! Hier spreekt het roze konijn! Zaterdag alweer! Velen van u gaan dit weekend naar huis, dus geniet nog van deze mooie dag, maak plezier, wees blij! Mij vindt u over een halfuur bij het zwembad voor de aquagym!'

Ik opende mijn ogen, meteen al woedend. Het was acht uur 's ochtends en vanaf dat tijdstip werd de hitte in de tenten ondraaglijk. De zon beukte op het doek om ons naar buiten te jagen en ons daar pas echt te grazen te nemen. Maar de kampeerders waren blij. Ze klaagden soms wel, ze vielen om van vermoeidheid, hun huid vervelde, maar ze bleven blij en vonden de zomer nog altijd de mooiste tijd van het jaar.

Opeens begon alles te draaien. Mijn lichaam spande zich en ik zag Oscar weer voor me, de speeltuin, de kuil. Verstijfd bleef ik liggen. Ik staarde naar een vlek in het tentdoek en probeerde me het duin op klaarlichte dag voor te stellen, terwijl er mensen liepen die lachten en vliegers oplieten. Buiten hoorde ik niemand. Ik luisterde, tot me te binnen schoot dat de anderen met de hond naar Dax waren en pas met de lunch terug zouden zijn. Ik had het rijk alleen. Het was mijn mazzeldag. Ik kon tot de middag uitslapen, een halve dag zoekbrengen zonder ouders die zaten te zeuren dat ik er iets van moest maken. Toch stond ik op. Ik liep even over onze plek. Op het campingtafeltje hadden ze cornflakes voor me klaargezet. Onze bonte handdoeken hingen aan een touw dat mijn vader tussen twee pijnbomen had gespannen. Waarom hing hij ze eigenlijk op? Ze waren binnen een paar seconden droog. Ik ging weg. Achter de eerste heg begon ik te rennen, recht naar het duin.

De camping werd wakker, de machine kwam op gang. Hoofden werden uit tenten gestoken. Kinderen holden de zonnige paden op en werden weer gevangen door de armen van hun moeders, die ze insmeerden met zonnebrandcrème om te voorkomen dat ze verbrandden. Oude stamgasten kwamen zwijgend bijeen op de kruisingen en liepen samen naar de jeu-de-boulesbaan, zoals elke ochtend van elke vakantiedag. Een drom kampeerders stroomde naar het strand. Het was een bekende camping in Les Landes. Drie sterren, midden in een pijnbomenbos, aan de kust van de oceaan. Zwembad met waterglijbanen, speeltuin, karaokeset, fitnessruimte, thema-avonden. Er kwamen veel jongeren om te feesten, maar je zag er ook grote gezinnen, oude Nederlandse echtparen en groepen kinderen die leerden surfen. Honden waren toegestaan.

Ik klom het duin op. Het zand verbrandde mijn voeten, ik had geen slippers meer, ik moest ze hier zijn kwijtgeraakt, afgelopen nacht... Ik probeerde het me te herinneren. Het was niet dezelfde plek met al die kleuren en het gelach. Het was er veel te licht en te vrolijk om je te kunnen voorstellen dat er een dode lag. Zolang ik de kuil niet zag, bestond hij niet. Maar ik vond hem al vlug terug en op hetzelfde moment zag ik mezelf slepen, graven, bedekken, dichtmaken, als een schim tussen de campinggasten die omlaagliepen naar het strand. Daar, midden op het duin, lag een dichtgemaakte kuil met Oscar erin – zo was het tenminste voor mij, want voor de anderen lag er gewoon zand, een met zand dichtgemaakte kuil tussen alle dichtgemaakte kuilen in dit majestueuze duin, de trots van de camping. De strandvlag stond ernaast als een markering. Kinderen renden rond, liepen eroverheen, trapten op Oscar.

Eerst raakte ik in paniek. Ik draaide om de kuil heen. Als een hond staarde ik naar de mensen die erbij in de buurt kwamen, en zij keken mij aan alsof ik gek was. Om negen uur 's ochtends zag ik er al uit alsof ik een zonnesteek had. Zo warm was het toch nog niet? Vanmiddag zou het ondraaglijk worden. Dan zou alles gaan koken. Ik probeerde rustig te worden en dwong mezelf na te denken. Oscar had zich gewurgd met de touwen van een schommel en was dood. Dat moest ik tegen iemand zeggen. Het was een ongeluk. Ik moest de politie of de eerste hulp bellen. Maar ik kwam niet op de nummers. Ik was moe. Ik was verdoofd. Ik wilde slapen. En toen voelde ik iets waardoor ik me weer bewust werd van mijn lichaam: een lichte druk tegen mijn bovenbeen, een klein langwerpig voorwerp in de zak van mijn zwembroek. Het was Oscars telefoon. Ik wist het weer, het muziekje die nacht. Ik haalde het apparaatje tevoorschijn. Het zwarte schermpje weerspiegelde mijn gezicht: vieze wangen, vet haar, gezwollen ogen van de tranen die niet loskwamen omdat het nog niet tot me doordrong, omdat ik nog altijd Léonard was, een aardige, verlegen jongen die niet van de hitte hield en een voorkeur had voor grijze dagen.

Louis kwam het duin over en sloeg me op mijn schouder. Ik glimlachte, een oude beleefdheidsreflex, mijn eerste glimlach die dag, die mijn mondhoeken als met een stanleymes in de omgekeerde stand dwong.

'Alles goed, Léo? Ga je mee zwemmen? Ik heb een afspraakje met een meisje. Ze heeft een kont, man... een kont... dat wil je niet weten...'

*

Ook al was het nog vroeg, toch was het al druk op het strand. Parasols, beachballbatjes, pootjebaders, onophoudelijke bedrijvigheid, een fabriek die op volle toeren draaide in de zon. De strook zand waarop de lichamen elkaar verdrongen liep over in de zee, waar groepjes zich verwijderden van het gekrioel en in de verte uiteenvielen in zwemmers, surfers, drijvende hoofden, of afgedreven gele boeien. Ik zat in het zand en luisterde naar de golven. Ik begon te beseffen wat ik had gedaan. Niemand bekommerde zich om me. Er keek zelfs niemand naar me. Waarschijnlijk zag ik eruit als een puber die zich niet op zijn gemak voelde, meer niet. Ik was altijd al een teruggetrokken type geweest en dat was nu nog erger geworden. Oppervlakkig gezien was dat het enige wat er door de dood van Oscar was veranderd.

'Is er iets? Ben je chagrijnig of zo?'

'Nee hoor.'

'Waar was je gisteravond? Ik heb je niet weg zien gaan.'

'Ik ben gaan slapen.'

De zinnetjes rolden er vanzelf uit, zakelijk en koel. Louis had geen problemen met mijn stugheid. Hij had zelf ook geen andere vrienden, wat hem tolerant maakte. Hij had zijn T-shirt als een tulband om zijn hoofd gewikkeld, zijn gedrongen lichaam ingesmeerd met zonnebrandcrème, de pijpen van zijn zwembroek opgerold. Hij lachte zoals altijd wanneer hij over meisjes wilde praten. En ik nam hem kwalijk dat hij me, net als het hele strand, niet hoorde schreeuwen, dat hij niets vermoedde.

'Klotezon... Zet iets op je kop.'

'Komt goed.'

'Oké, ze moet er nu zo zijn. Ze heet Zoé. Kijk, op de foto's ziet ze er goed uit, maar je weet maar nooit, misschien is ze wel afgrijselijk.'

Hij liet me de foto's van Zoé zien, haar Tinderfoto's. De eerste dag had hij me uitgelachen omdat ik die app niet kende. Hij had me uitgelegd wat het was: je zet er een paar foto's van jezelf op en schrijft een korte tekst om je voor te stellen, dan krijg je het profiel te zien van meisjes of jongens uit de buurt. Als je iemand leuk vindt, geef je een like. Als die ander jou ook leuk vindt, kun je chatten en elkaar leren kennen voor je elkaar in het echt ontmoet. 'Het gaat vooral om het neuken, dat moet je wel weten, ook al zitten er altijd wel een paar brave meisjes bij die alleen willen praten, en verder Koreaanse Erasmus-studenten of zoiets, die met je naar de Eiffeltoren willen.' Het logo van de app had een rare vorm, tussen een ei en een vlam in, en telkens als ik probeerde te begrijpen waarom, kreeg ik een onbehaaglijk gevoel, dus besloot ik er niks mee te doen, zoals ik ook me afzijdig hield van de meisjes en het dansen en alles waarvoor we hier waren.

'Léo, luister. Als ik vandaag niet neuk, verzuip ik me in zee. Ik zweer het. Ik ben het beu. Ik kan niet meer. Hé, hallo, dag meisjes!'

Ik veerde op. Zoé kwam eraan, met een vriendin.

'Zie je dat? Ze is niet alleen. Wacht eens... wie heeft ze bij zich? Luce? Die twee kennen elkaar? Te gek!'

Ze kwamen lachend op ons af, want Luce had ons herkend. Ik had haar ook herkend, Luce, die de avond daarvoor met Oscar had gedanst en hem gekust had op het duin. Ze had een rode pareo omgeknoopt. Haar silhouet tekende zich scherp af tegen de zon.

'Doe nou even je best, hè,' fluisterde Louis in mijn oor. 'Zij vindt jou ook leuk.'

Ze kwamen recht voor ons staan.

Zoé rookte een sigaret, met kleine koortsige trekjes, half misselijk zo te zien, maar vastbesloten dat niet te laten merken. Louis ging staan om haar een kus op de wang te geven en iedereen aan elkaar voor te stellen.

'Ik ben Louis. Dit is Léonard. Jullie kennen elkaar, Zoé en Luce? Te gek. De wereld is klein.'

Zoé fronste haar wenkbrauwen.

'De camping is de wereld niet...'

'Nou ja, je weet wel wat ik bedoel.'

'Heb je een kater, Léonard?' vroeg Luce.

Ik schudde van nee, met een zwak lachje. Louis klapte in zijn handen.

'Ik ga in het water! Ga je mee, Zoé?'

'Waarom niet.'

Hij gaf me een knipoog en ze liepen weg. Luce kwam naast me zitten.

'Was je gisteravond ook op het strand?'

'Ja, maar ik ben niet lang gebleven.'

'Waarom niet? Vond je het feest niet leuk?'

'Niet echt.'

Ik durfde haar niet aan te kijken. Ik bleef naar de zee staren. Naar de langsglijdende zeilboten. In de verte voer een passagiersschip. Nog verder weg gingen de golven tekeer. Misschien verdronk er wel iemand. De hand van Luce raakte mijn knie aan om er wat zand af te vegen. Ik dacht dat ik flauwviel.

Ze merkte niet hoe bleek ik zag, want in de zon verbleekte alles. Soms kwamen puistjes en mee-eters beter uit, en soms streek het zonlicht gezichten glad en maakte het zelfs de lelijksten knap. Ik wist hoe ik moest gaan zitten om er op mijn voordeligst uit te zien. Zoveel trots had ik nog wel. Terwijl de anderen zich eronder voortbewogen, had ik de tijd gehad om de hemel te bestuderen. Louis deed dat niet. Hij liet de zon rustig zijn pukkels en het blonde dons onder zijn neus benadrukken. Hij maakte zich niet druk om kleinigheden: na de lunch poetste hij nooit zijn tanden en rook hij naar friet; hij douchte ook niet na het zwemmen en liet het zout op zijn huid zitten. Hij trof niet één van de voorzorgsmaatregelen waar ik mijn dagen mee vulde, en toch voelde hij zich op zijn gemak als hij met een meisje in het water was. Ik zag hem vrolijk dollen terwijl ik roerloos op het strand zat, met altijd weer dat onbegrijpelijke, holle gevoel in mijn borst.

'Waar denk je aan?' vroeg Luce.

'Nergens aan.'

'Ik zie je eigenlijk nooit. Waar staat je tent?'

'Op nummer 330.'

'Sta je daar samen met Louis?'

'Nee.'

'Met wie dan wel?'

'Met mijn ouders.'

'Je lijkt je daarvoor te schamen.'

'Een beetje wel.'

'Onzin, je mag blij zijn. Waar kom je vandaan?'

'Uit Lorient.'

'Ken ik niet. Heb je ook eindexamen gedaan? Wat ga je hierna doen?'

'Muziekwetenschappen.'

'Ben je musicus?'

'Ja.'

'Cool zeg. En verder, praat je altijd zo graag met anderen?'

'Hoe bedoel je?'

'Heel grappig. Trek je T-shirt uit, dat is toch veel te warm.'

'Nee hoor... prima zo.'

'Kom, ga mee zwemmen.'

Ze stond op. Ik weigerde beleefd. Zonder aan te dringen liet ze haar pareo vallen en holde lichtvoetig, alsof ze over het zand stuiterde, naar de anderen. Haar huid was bleek, ze werd niet bruin. Ze verdween in zee en ik zat weer alleen in de menigte. De naakte bovenlichamen van de volleyballers sprongen omhoog. Zwemmers stortten zich in de golven. Ouders trokken hun kinderen weg, zodat ze niet verdronken in de muien. Louis en Zoé maakten samen plezier. Luce verdween in het gewoel en dook steeds op een andere plek weer op. Telkens zag ik een deel van haar lichaam schitteren in de branding. Plotseling wilde ik naar haar toe. Ik stond op, maar alles om me heen leek tegen te werken, alsof ik gedronken had. Er liep een man langs met een metaaldetector. In het water krijste een kind. Ik draaide mijn hoofd om en zag de vlag, de kuil, het lijk van Oscar. Wat doe ik hier? vroeg ik me ineens af, nog sterker dan de dagen ervoor. Ik verliet het strand en liep het duin over. Ik zei geen dag en zwaaide niet. Ze zagen me trouwens toch niet weggaan.

*

Aan de andere kant dezelfde vreemde wereld. Het werd steeds warmer, de zon blakerde de paden. Een of andere idioot grilde worstjes alsof het al etenstijd was. Uit de luidsprekers kwam muziek: *Top Summer Hits*. Vijfentwintig liedjes. Het was me de eerste dag al opgevallen: vijfentwintig liedjes die telkens werden herhaald, net als in de supermarkt. Niet te hard, om niet te storen, ook niet te zacht, om overal goed door te dringen, net als de zon, het zand en het water van Les Landes. *If you go hard you gotta get on the floor... If you're a party freak then step on the floor... If you're an animal then tear up the floor...* Om me heen gingen ze allemaal door met vakantie vieren. Ze wilden niet horen wat ik te zeggen had. En eigenlijk had ik ook niets te zeggen. Ik kon zeggen: Oscar is dood – ik geloofde het zelf niet. Ik probeerde aan hem te denken, maar dat lukte alleen bij vlagen, kleine warmteopwellingen. Zijn telefoon brandde tegen mijn bovenbeen. Ik had hem af kunnen geven bij gevonden voorwerpen. Maar dat was een eind weg. Ik had de hele camping over gemoeten en bij de receptie in de rij moeten staan, samen met verbrande campinggasten, verdwaalde kinderen, nieuwkomers en buitenlanders die nergens iets van snapten en voor wie de meertalige hostess werd geroepen, die in het Engels, Duits, Spaans of Nederlands de regels van de camping en het rooster van de aquagym uitlegde, voor ze bij iedereen het blauwe polsbandje omdeed dat ons voor eeuwig verenigde. Het mijne had ik de eerste dag met een vleesmes door weten te snijden.

Vermoeid plofte ik op een bank neer. Ik had mijn ouders nodig. Hun kon ik het misschien vertellen. Ik had geen idee hoe laat het was, maar waarschijnlijk waren ze er nog niet.

Toen ik rondkeek, herkende ik de speeltuin van de avond ervoor. Daar had je de schommel met zijn smetteloze touwen. Waar had ik gestaan toen ik Oscar dood zag gaan? Ik wist het niet meer. Het was alsof ik een andere speeltuin zag, een daar opgebouwd decor. Er speelden kinderen. De meesten draaiden tot misselijk wordens toe rond in een draaimolentje in de vorm van een krokodil.

'Dat is geen krokodil, het is een alligator,' zei een

meisje tegen een jongen. 'Krokodillen hebben een spitse snuit en alligators een ronde, dus is dat een alligator.'

Ze keek de jongen trots aan, maar die schudde van nee. Ik bekeek de alligator nauwkeurig, zijn gele ogen, zijn groene pantser, de metalen stang die uit zijn bek kwam en waar de kinderen zich aan vasthielden. Mijn onderlip trilde en ik voelde de tranen van afgelopen nacht opkomen om hun achterstand in te halen. Weinig stommiteiten in zeventien jaar. Geen echte grote. Ik had nooit iemand bedrogen, nooit iets gestolen of iemand geslagen. Zelden iemand beledigd. Haat en woede had ik braaf in mijn binnenste opgeslagen. Het was geen ongeluk geweest. Ik had Oscar dood laten gaan. Ik had hem kunnen redden en had het niet gedaan. Daarna had ik zijn lichaam verstopt. Ik wist niet meer waarom. Ik had gewoon weg kunnen lopen. Dan hadden ze hem daar gevonden waar hij was gestorven. Ze hadden de sporen op zijn hals en de alcohol in zijn bloed ontdekt en het tijdstip van overlijden vastgesteld. De sfeer zou er zo door zijn verpest dat iedereen was vertrokken, ook ik, ver weg van hier. In plaats daarvan had ik hem begraven. Dat was het, de echte stommiteit. Ik had mijn nacht doorgebracht met het begraven van een dode.

Ik zette zijn telefoon aan. Zijn toegangscode kende ik niet. Ik wist niets van hem. Alles wat ik had was dit vergrendelde scherm, met een foto van een berglandschap en twee gemiste oproepen, een van Luce en een van zijn moeder. Ik herinnerde me zijn moeder. Ik had haar weleens op het strand gezien. Anderen hadden Oscar uitgelachen omdat hij samen met haar op vakantie was. Elke avond liep ze alleen terug naar haar bungalow. Ook de bungalow herinnerde ik me. Ik kon hem zoeken. Oscars blauwe handdoek moest over de balustrade hangen, veel te droog. Ik kon naar zijn moeder gaan en met haar praten, ze zou naar me luisteren.

Opnieuw ging ik op weg, deze keer in de richting van de bungalows. Onderweg merkte ik dat mijn blik wazig werd en de grond onder mijn voeten zachter. Twee weken lang had ik routes bedacht om de zon te mijden en was ik in de schaduw van pijnbomen en tentzeil gebleven als ik de camping doorkruiste, ook al verloor ik daardoor tijd, wat voor mij trouwens alleen maar tijdwinst betekende. Maar nu nam ik die moeite niet meer. Blootshoofds liep ik in de felle zon. Ik werd overvallen door een aangename dufheid, die me ervan weerhield vooruit te denken. Aan het eind van een pad dacht ik dat ik Oscars bungalow herkende. Het terras was leeg. De deur stond open. Op de camping werd nooit iets afgesloten. Ze vertrouwden elkaar. Ik liep erheen en beklom de drie treden. In een hoek schommelde een hangmat in de luchtstroom van een ventilator. Geen mens te bekennen. Een bodyboard dat onder het zand zat. Lege roséflessen. Mijn blik werd nog waziger. Binnen scharrelde iemand rond. Het ging heel gemoedelijk: ik wankelde, de moeder van Oscar kwam naar buiten, ze ondersteunde me en hielp me in de hangmat. Ik liet me wiegen in de frisse bries van de ventilator. Ze bracht me een glas water en kwam tegenover me zitten.

'Gaat het weer? Het is 39 graden en het schijnt nog warmer te worden. Ben je een vriend van Oscar?'

Ik kon niet antwoorden. Ik was gekomen om alles te vertellen maar wist niet hoe ik moest beginnen, alleen al mijn mond opendoen was lastig. Dus keek ik haar strak aan, zoals ik dat bij Oscar had gedaan, en hield mezelf uit alle macht voor dat dit zijn moeder was, zodat mijn afschuw de woorden naar buiten zou persen. Ze draaide zich om. Met haar ellebogen op de balustrade geleund stak ze een sigaret op. Haar jurk liet een op haar rug getatoeëerd sterrenbeeld vrij. Ze hoorde bij het soort mensen waar mijn ouders een beetje op neerkeken.

'Hoe heet je?'

'Léonard.'

'Ik heet Claire.'

Claire. Ik realiseerde me dat ik haar nooit iets zou vertellen.

'Je bent helemaal dizzy. Rust maar even uit. Ik weet niet waar Oscar is. Hij heeft vannacht niet hier geslapen. Wil je op hem wachten?'

Ik haalde mijn schouders op. Dat vond ze leuk.

'En, hoe vind je het hier op de camping?'

'Gaat wel...'

'Drinken jullie 's avonds niet te veel?'

'Nee hoor.'

'Ben je hier met vrienden? Met je ouders? Vertel eens, is het nou zo vreselijk om samen met je moeder op vakantie te zijn? Ga je dan af bij de meisjes?'

'Nee hoor.'

'Ik ken iemand tegen wie je dat dan maar eens zou moeten zeggen.'

Ze draaide zich weer om en lachte naar me. Oscar was niet zo knap als zij. Uit de verte, in de zon, zag hij er best goed uit, maar hij had een beetje een dikkig gezicht en zijn ogen stonden altijd vermoeid.

'Geniet ervan, dit zijn de beste jaren van jullie leven. Wij gaan vanmiddag weg. Volgende zomer komen we terug, maar dan met de tent. Ze overdrijven hier een beetje met de huur van hun bungalows.'

Ze lachte weer naar me en ik boog mijn hoofd om haar niet meer te zien, en ook in de hoop dat ze dan vragen zou stellen, me door elkaar zou schudden en uit zichzelf de waarheid zou ontdekken, omdat ik immers niet kon praten of huilen en het gezicht van een engel had. Ik voelde haar achter me bewegen. Ze ging naar binnen. Ik was weer alleen, in een vredige wereld.

Mijn hoofd legde het landschap schuin. Er kwam

een stoet langs. Het roze konijn nam een stel jongeren mee naar het strand. Ze zongen. Van tijd tot tijd tilden ze hun armen op en leken ze naar de zon te wijzen. Ze kenden geen leed. Al een paar jaar werd het in de zomer steeds heter. De hitte begon elk jaar vroeger, deze keer al in februari, en we hadden haar zorgeloos verwelkomd, maar al te blij dat de winter voorbij was. De cafés hadden tafeltjes buiten gezet zonder erop te wijzen dat dit een slecht teken was. Het inferno voelde niemand aankomen. Ik vroeg me af bij hoeveel graden het te veel zou zijn. Dan zou alles kantelen. Iedereen zou wegvluchten van deze camping, zoals je uit een brandende flat springt, en het konijn zou alleen verder moeten dansen. Ik wilde bewegen. Ik haatte mezelf omdat ik daar maar lag te liggen en niets uitvoerde. Maar mijn ogen vielen dicht. De slaap haalde me eindelijk in. Veel slaap kreeg je hier nooit. Je ging laat naar bed en stond bij het eerste ochtendlicht weer op om samen met de anderen, in gesloten gelederen, het plezier tegemoet te marcheren.

*

'Vanwege een klein incident op het strand verzoeken wij u uw hond aangelijnd te houden bij uw bungalow of tent, in de schaduw... En ga meteen ook zelf in de schaduw zitten, beste mensen, het is 40 graden!'

Luce kwam aanlopen in haar rode pareo. Ik lag te doezelen. Ik dacht: ze heeft me gevonden. Ik maakte me klein in de hangmat zodat ze me niet zag. Claire kwam weer naar buiten.

'Zoek je Oscar?'

'Ja.'

'Ben je zijn vriendinnetje?'

'Niet echt.'

'Ik weet niet waar hij is... Maar als je wilt, heb ik een andere voor je, die ligt daar, hij slaapt.'

Beschaamd kwam ik overeind. Luce leek niet verbaasd. Ze kwam dichterbij, met haar handen op haar rug, en deed alsof ze nadacht.

'Tja... Hij ziet er goed uit... Hoe heet hij?'

'Léonard. Hij zegt niet veel, maar hij is aardig.'

'En is het normaal dat hij zo rood ziet?'

Ze schoten allebei in de lach, ik vond ze gemeen. Luce gaf me een knipoog. Ik knipoogde terug, zonder erbij na te denken.

'Ik ga naar het zwembad, zin om mee te gaan?'

Ik stond op uit de hangmat en bleef voor haar staan. Ik had haar nog nooit van zo dichtbij gezien. Vrij lang, bruine ogen. Sproetjes vol zon.

'Kom, Léonard.'

Ik voelde me gevleid. Als een hondje volgde ik haar.

Ik liep voor Claire langs en een seconde lang scheelde het niet veel of ik had iets gezegd, ik deed mijn mond open, maar meteen deed ik hem weer dicht. Ze lachte.

'Vooruit, ga met haar mee. Waar wacht je nog op?'

*

De camping had haar eigen wetten. Twee weken vakantie, dat was een heel leven. Je kwam aan zoals je geboren wordt, bleek en alleen. Je ging weer weg zoals je sterft, met een zucht van weemoed of opluchting. Vriendschappen werden gesloten en verbroken in de tijd die het kostte om een pad af te lopen. Harten ontvlamden en braken op een en dezelfde dag. Ik had Luce en Oscar bevriend zien raken, verliefd zien zijn, elkaar zien negeren. Nu liep ik naast haar alsof ik zijn plaats had ingenomen. Een paar jongens keken naar ons. Ze zwaaide naar degenen die ze kende. Haar pareo streek af en toe vluchtig langs mijn hand.

'Ik wist niet dat je de moeder van Oscar kende.'

'Ik ken haar niet.'

'Je lag toch in haar hangmat?'

'Ja.'

Ze grinnikte. Ze vond me grappig en hield me voor intelligenter dan ik was. Dat gebeurde vaak. Uit verlegenheid zei ik de stomste dingen en dan vond iedereen me geestig en diepzinnig.

'Kun je goed met Oscar opschieten?'

'Dat weet ik niet.'

'Waarom ben je er daarnet zonder iets te zeggen vandoor gegaan?'

'Ik voelde me niet lekker. Sorry.'

Hooguit kon ze denken dat ik chagrijnig was. Ik omklemde het mobieltje in mijn zak, mijn zwembroek kriebelde, mijn gedachten en de hitte vermengden zich op mijn huid tot zweet, maar ik leek alleen maar een mokkend prinsje.

'Waarom kijk je zo kwaad?'

'Zo kijk ik altijd.'

Ze ging niet tegen me in. Ik vond haar minder onuitstaanbaar dan de rest. Met haar was het anders. Toch wilde ik weg. Mijn ouders moesten inmiddels terug zijn.

'Ik moet gaan eten.'

'Nu al? Kom je dan straks naar het zwembad?'

Ik had me al omgedraaid. Achter mijn rug hoorde ik haar zeggen: 'Ik ben niet met Oscar, hoor. We zijn gewoon vrienden.'

*

Mijn vader maakte het eten klaar. Mijn moeder las haar thriller. Alma draaide op haar driewieler om hen heen en Bulle, onze hond, een prachtige newfoundlander, lag te slapen in de schaduw van een heg. Bij het zien van hun vertrouwde gezichten kwam ik tot rust en werd ik overmand door liefde en hoop: zij zouden me begrijpen. Toen mijn vader me zag, gooide hij een stuk kaas naar me.

'Vangen! We hebben de markt in Dax geplunderd! Mag ik een stukje proeven? En hup, een homp kaas! Mag ik een stukje proeven? En hup hup, nog een homp kaas! Uiteindelijk heb ik toch maar iets gekocht, je moet het niet te bont maken. En jij, hoe gaat het met jou?'

'Ga zitten,' zei mijn moeder terwijl ze een bord voor me neerzette. 'We hebben je gebeld, had je je telefoon niet bij je?'

Ik schudde mijn hoofd. Alma gaapte me aan.

'Je ziet helemaal rood.'

'Waar is Adrien?' vroeg ik.

'Bij zijn surfvrienden.'

'We laten hem vrij... Op z'n vijftiende moet dat kunnen, dat vind jij toch ook?'

Bulle lag aan mijn voeten te hijgen, hij kon niet slapen van de hitte, zijn tong hing uit zijn bek en hij keek bedroefd. Hij had het warmer dan wij allemaal bij elkaar, hij kon niet met een bloot bovenlichaam rondlopen. Ik trouwens ook niet.

‘Bulle heeft het te warm. Vanochtend werd hij agressief, we moeten oppassen...’

‘Het schijnt dat er daarnet op het strand een hond is doorgedraaid. Hij heeft een kind gebeten.’

‘Bijt hij mij dan ook?’

‘Nee, schatje, jou niet.’

‘Doe jij wel voorzichtig, Léo?’

‘Ja hoor.’

‘Ik bedoel: smeer je je in?’

‘Ja.’

‘We vertrekken aan het eind van de middag, op ons gemak. Je kunt dus nog even genieten.’

Rond de nog ingepakte tabouleh lag een krans van chips met mosterdsmaak. Er stond een groene salade bij, versierd met kerstomaatjes die een lachend gezicht vormden. Mijn vader boog zich naar me toe.

‘En? Ben je gisteravond uit geweest?’

‘Ja.’

‘We konden jullie muziek hier horen. Wij zijn naar karaoke geweest. Dat was ook leuk. Die kerel in dat konijnenpak wilde een wortel vastmaken aan mijn riem, die ik dan in een fles moest zien te krijgen door mijn bekken te bewegen, je snapt wel wat ik bedoel. Ik heb natuurlijk nee gezegd.’

‘Het spijt me, ik heb geen honger.’

Ik schoof het bord van me af en stond op.

‘Heb je een afspraakje?’

‘Hou daarmee op,’ siste mijn moeder.

'Kom op, dat mag ik toch wel vragen!'

'Je hoeft niet te antwoorden, Léo.'

'Is ze wel een beetje knap?'

Mijn moeder keek hem kwaad aan om hem de mond te snoeren. Haar tact vond ik net zo vervelend. Het bleef even stil. Ze merkten wel dat er iets was. Dit was het moment om te praten. Adrien was bij zijn surfvrienden. Ze zouden Alma vragen om te gaan spelen. Ik zou zeggen: luister... Maar juist die stilte weerhield me, evenals de geur van de pijnbomen, de aanwezigheid van Bulle en de wetenschap dat dit onze laatste dag op de camping was, op een eersteklas plek. Anders brachten we de gezinsvakantie altijd bij mijn grootouders door. Deze vakantie was iets bijzonders. Mijn ouders hadden er sinds de herfst naar uitgekeken. Soms hadden ze ons 's avonds na hun werk foto's laten zien van Les Landes en ons via de livestream laten kijken naar het strand in andere jaargetijden. Er waren langdurige voorbereidingen aan voorafgegaan. Eerst tenten, kampeerspullen en bodyboards kopen. Daarna dwars door Frankrijk rijden. Op de camping zelf hadden ze nog bij moeten betalen voor het uitzicht, de plek, de rechtstreekse toegang tot het strand. Tot slot waren er nog de uitstapjes en restaurantbezoekjes geweest om het plezier compleet te maken. Keer op keer hadden ze geroepen dat het landschap zo mooi was, 'echt schitterend', om zichzelf en ons ervan te overtuigen dat alle moeite niet voor niets was geweest. Op een dag was er aan de hemel een grijze wolk verschenen en allemaal, zelfs Alma, hadden we gedaan alsof we hem niet zagen, want niets mocht de pret bederven. Daarna bleef de hemel blauw. De hitte had de herinneringen aan de regenachtige maanden verdreven, het was een perfecte vakantie. Mijn ouders hadden daar alles aan gedaan. Ik had ze de dagen zien tellen en ze elke avond horen zeggen hoe jammer het was dat de tijd vloog en het geluk maar zo kort duurde. Ook ik had geteld. Veertien dagen had ik zitten wachten tot er een eind aan kwam, aan hun vakantie. Die kon ik niet ook nog eens bederven met Oscar, met Oscars lijk, dat ik had begraven toen zij zo gelukkig waren. Dus hield ik mijn mond.

'Je moet je sla opeten, hoor Léo, anders droog je uit, toch mama?'

'Stil, Alma, nu even niet. Het is trouwens niet waar.'

*

Adrien en ik moesten om beurten afwassen. Hij mopperde altijd als hij aan de beurt was en de keer daarop aten we van borden die nog een beetje vies waren, omdat hij haast had om weg te komen. Maar als het mijn beurt was, hoefde niemand me iets te vragen.

De anderen renden naar het strand en ik ging aan de slag. Ik had geen tijd om te gaan zwemmen of te zonnebaden of te drinken, want ik stond te schrobben. In de schaduw van het sanitairgebouw liet ik mijn handen langzaam in het sop glijden. Niemand die daar liep had iets in de gaten. Ze dachten dat ik corvee had. En ik bleef minutenlang in gedachten verzonken staan. Terwijl ik tegen de spoelbak leunde, werd ik soms overvallen door een lichte opwinding, steevast gevolgd door triestheid omdat ik moest toegeven dat ik er diep in mijn hart wel degelijk naar verlangde om met de anderen mee te doen en te dansen. Maar ik bleef waar ik was. Ik wreef over mayonaisevlekken en wilde niet dat ze weggingen. En als er echt niets meer te doen was, liep ik terug met het schoonste servies van de wereld en met toegetakelde handen, ruw en rimpelig van al het vluchten. Mijn vader zei dat ik niet zoveel moeite hoefde te doen. We zouden toch weer van die borden eten. Ik verspilde mijn tijd. Het was ook mijn vakantie. Ik moest die niet laten bederven door mijn obsessies.

Ik stond net af te wassen toen Louis achter me opdook. We liepen elkaar vaak tegen het lijf, wat best gek was op zo'n grote camping. Hij zei: 'Grappig dat we elkaar telkens tegenkomen.' Hij was de enige die mijn gezelschap zocht. Het kon me niet zoveel schelen. Hij hielp de afwas terug naar de tent te brengen en zei hallo tegen mijn ouders. Ze wisselden een paar woorden over het weer: het is warm, heel warm, maar we klagen niet, daar doen we het tenslotte voor, enzovoort. Daarna gingen we samen naar de friettent op het duin. Louis wilde iets eten. We kwamen langs de kuil. Vlak ernaast liep een hond te snuffelen. Toen ik hem zag, wilde ik hem wegjagen, ik was bang dat hij zou gaan graven, dat hij alles uit zou graven en dat ze me zouden vinden aan de hand van mijn vingerafdrukken op Oscars kleren. Daarna was ik een ogenblik bang dat hij niet zou graven, nooit – dat ik eindeloos, deze zomer en alle zomers hierna, met Louis mee naar de friettent moest en daar op het terras naar hem moest luisteren terwijl hij over seks praatte.

'Ik zeg niet dat ik geen kans maak bij Zoé, maar ik weet het niet zeker, dus kan ik beter mijn ogen openhouden. Alleen heb ik nu niemand anders... Het probleem met Tinder is namelijk dat je je eisen bijstelt op grond van wat je van jezelf vindt, als je begrijpt wat ik bedoel. Dit meisje bijvoorbeeld, kijk, ik vind haar leuk, maar ik weet zeker dat zij mij niet leuk zou vinden, dus doe ik alsof ik haar ook niet leuk vind, terwijl ik best met haar naar bed zou willen.'

Hij zat half onderuitgezakt in zijn ligstoel, bijna naakt in zijn zwembroek met de tot zijn kruis opgerolde pijpen, zwetend, hijgend. Een beetje zoals Bulle. Zijn vinger scrolde met een soort kribbigheid door de profielen van de meisjes. Op Tinder kreeg je vijftig profielen per dag te zien. Daarboven moest je betalen. Louis betaalde. 'Als ik het daar niet aan uitgeef, geef ik het aan iets anders uit. Ik heb schijt aan alle kapitalisten, ik koop wat ik leuk vind, klaar. Het is mijn poen, ik doe wat ik wil.' Met dat geld kocht hij het recht om naar alle meisjes te dingen. Hij swipete ze een voor een weg en het gebrek aan succes maakte zijn duimbeweging vermoeider, mechanischer, toleranter ook. Zoals altijd zou hij op het laatst wie dan ook accepteren, zolang het maar iemand was die hem wilde.

'Shit. Niemand meer over.'

Ik luisterde maar half. Ik zakte weg in een droomtoestand, een macaber middagslaapje. De kleurige vlekken van de parasols bewogen als troebele weerspiegelingen, alsof iemand een steen in het vloeibaar geworden strand had gegooid.

'Luister je, Léo?'

'Niemand meer over?' herhaalde ik zijn woorden, met mijn ogen dicht.

'Geen chickies meer, nee. "Geen nieuwe personen in de buurt, probeer het later nog eens." Dat betekent dat ik alle profielen van de camping heb gezien, dat is balen.'

Maar het stikte hier in de buurt toch van de mensen, dacht ik, meisjes die op een bedje lagen te zonnen, beachball speelden, een duik namen, en ook wel een paar die alleen waren en ergens op wachtten...

'Tja, wat nu? Behalve Zoé heb ik niemand... Zoekradius vergroten tot een straal van tien kilometer of zo? Maar ik ga toch niet helemaal naar Dax om te neuken...'

Ik merkte dat hij inzakte.

'Dan maar Zoé. Zoé of niemand. Ze zal wel bij dat yogagedoe van haar zijn. Ik moest maar eens gaan.'

Hij ging niet. Hij bleef in zijn ligstoel hangen.

'Het is ook mijn eigen schuld. Mijn drie foto's zijn zo lelijk. Ik zie eruit als een idioot. Waarom show ik m'n blote bovenlijf terwijl ik vet ben? Moet je kijken wat een buik. Waarom hou ik niet net als jij mijn T-shirt aan? Hé, Léo, slaap je?'

'Wat? Geen idee.'

'Gewoon even flink rukken, dan ben je er ook, zeg ik altijd. En dat is natuurlijk ook zo, het is altijd hetzelfde liedje, ik word geil als ik op Tinder ga, maar ik vind niemand, dus trek ik me af en daarna gaat het beter. Ik smoor mijn lust in de kiem. Maar het zou toch van de gekke zijn als je het nooit in het echt deed... Ik wil niet bij de hoeren belanden of iets walgelijks uithalen, je bent tot de gekste dingen in staat als je maar wanhopig genoeg bent, voor je het weet maak je je nog van kant...'

Plotseling sprong hij op en keek met een verwilderde blik om zich heen.

'Ik wil neuken! NEU-KEN!'

'Hou je bek,' riep de kerel van de friettent.

Zachtjes hinnikend liet Louis zich weer vallen. Hij zweette behoorlijk. Zijn lach stierf langzaam weg en hij dutte in. Zijn mobieltje lag in zijn hand, nutteloos zonder meisjes om van te houden. Ik dacht na over Tinder. Het was nooit bij me opgekomen om een profiel aan te maken. Welke foto's moest ik kiezen? Welk lachje? Wat moest ik zeggen tegen iemand die ik niet kende? 'Hoi, hoe gaat het? Ik maak muziek, en jij? Het is mooi weer. Ja, ik hou mijn T-shirt aan, gewoon, omdat ik het mooi vind.' Ik had zoiets nooit gedurfd. Ik had dan natuurlijk wel met meisjes moeten praten. En het leek alsof iedereen dat van me verwachtte, alsof ze naar tekenen van begeerte zochten in mijn ogen en mijn zwembroek. Maar waarom zou ik met deze hitte iemand willen omhelzen? Waarom zou ik mijn huid tegen die van iemand anders willen drukken? Ik kon die van mezelf al niet verdragen. Die droop van het zweet en ik ademde de lucht in om me vol te zuigen met walging en de behoefte om alleen te zijn.

De kuil was er nog, verder naar beneden. Die ging niet weg. En Oscar lag er nog in. Ik stelde me een foto voor waarop ik ervoor stond, met mijn vingers in een V, in de dromerige pose die sommigen aannemen om knap te lijken. Een strandwacht klom in de mast van de strandvlag om de kleur te veranderen, van groen in oranje, want de golven werden hoger. Wat mooi, Les Landes, zei iedereen altijd. De lucht is er zuiver, het is er warm en de oceaan ligt vlak voor je neus. Niemand zei: wat vreselijk, Les Landes. De bedrieglijke vredigheid van de pijnbomen, het geraas van de golven waarvan iedereen weet dat ze doden op hun geweten hebben, en al dat gelach en die vreugdekreten die zich vermengen tot één doffe echo, een geluid dat je ook hoort in slechtverlichte binnenzwembaden met golven vol chloor en angst.

Achter het duin steeg een rode stip op. Hij klom hoger en hoger – het was een kleine vlieger. Even dacht ik dat het Luce was. Het scharlakenrood van haar pareo hoog in de lucht. Ik geef toe dat ik aan haar dacht. Aan haar lichte huid, die eruit sprong in vergelijking met de rest. De gedachte aan haar overstemde in mijn hoofd de woorden van Louis en het lawaai op het strand en gaf me de energie om op te staan.

*

Op de camping ging het leven zijn gangetje. Jeu de boules, aquagym, tafeltennis, kinderen die van hun fiets vielen en huilden. Het was een grote camping, je onthield niet alle gezichten. Het was net een groot dorp, met zijn straten en afgelegen buurten. Er werden geen koppen geteld. Er ontbrak weleens iemand, maar was hij niet hier, dan was hij wel ergens anders.

Niemand had mij gezocht op de dagen dat ik me afzonderde. Ook Oscar werd niet gezocht. Het kon niemand iets schelen dat hij dood was.

Ik vond Luce aan de rand van het zwembad in een plastic ligstoel. Ze had een zwarte zonnebril op en dronk cola. De schaduw trok een schuine lijn over haar benen. Ik voelde iets in mijn hart. Het viel me op omdat het een gevoel was dat abnormaal hoog in mijn lijf zat – sinds die ochtend speelde alles zich lager af, in mijn maag: de angst, de krampen, de neiging om over te geven, enzovoort. Op de twee stoelen naast haar lagen handdoeken uitgespreid, wat me achterdochtig maakte.

'Je bent gekomen! Hoe was het bij je ouders?'

'Goed hoor.'

Ik ging op de uiterste rand van haar ligstoel zitten, op één bil.

'Ik ga zo weg, ik moet nog langs huis. Je mag wel mee als je wilt.'

'Naar jouw huis?'

'Naar mijn ouders. Die wonen hier vlakbij. Even een was draaien. Hé, je ogen, wat grappig!'

Ik boog mijn hoofd.

'Wacht, laat eens zien. Het lijkt wel of ze veranderd zijn. Wat voor kleur hebben ze? Moeilijk te zeggen.'

'Ik weet het niet.'

'Grijsachtig… met een beetje geel in het midden als je lacht. Mooi.'

Misschien hield ze me voor de gek. Ik keek rond op zoek naar medeplichtigen, verborgen camera's, een verklaring voor haar plotselinge belangstelling. Ik schraapte mijn keel en kreeg bij voorbaat een kleur.

'Jij hebt bruine ogen,' zei ik met een stem die oversloeg, zoals hij dat doet als je de baard in de keel krijgt.

'Ja, goed gezien. Niks bijzonders.'

Ik haalde mijn schouders op, lafaard die ik was. Ik had zo graag iets origineels tegen haar gezegd. De twee eigenaren van de handdoeken, blote bast, druipend van het zweet, kwamen van de snackbar terug met een biertje.

'Yann en Tom,' stelde Luce ze voor. 'Léonard, een goede vriend.'

'Yo.'

Een goede vriend. Ze taxeerden me. Ik was het liefst vertrokken, maar dat kon ik niet maken.

'Wat een hitte, hè!'

'Het schijnt dat er een hond het loodje heeft gelegd.'

'Die dat kind heeft gebeten?'

'Nee, een andere.'

Ik voelde het bloed naar mijn hoofd stijgen. Yann ging naast Luce zitten. Hij sloeg een arm om haar schouder en zij liet hem begaan. Hij was knap, zelfverzekerd. Ik zag hem meteen de rustige, arrogante houding aannemen die ik zo goed kende: in een oogwenk had hij me ingedeeld bij de types die in elk opzicht voor hem onderdeden, maar hij dacht misschien dat ik ook kwetsbaar was en vond daarom dat hij toch aardig tegen me moest doen, zoals je een verpieterd plantje uit medelijden water geeft.

'Ik heb je hier nog nooit gezien. Léonard, zo heet je toch?'

'Ja.'

'Net als Leonardo DiCaprio.'

'Precies.'

Ik probeerde te glimlachen maar het deed pijn.

'Zullen we gaan zwemmen?'

'Ik niet,' zei Luce.

'Goed zo, blijf jij maar lekker alleen,' zei Yann plagerig terwijl hij haar opnieuw aanraakte. 'Ga je mee, Léonard?'

'Ik niet...' bauwde ik haar na.

Ze lachten.

'Kom, ga mee.'

'Nee, ik ben oké.'

'Je stikt van de hitte, kom.'

'Laat hem, man, hij heeft geen zin.'

'Maar hij zweet, het gaat niet goed met hem!'

'Jawel hoor, niks aan de hand... ik blijf liever hier.'

'Trek dan in elk geval je T-shirt uit...'

Vertwijfeld keek ik naar Luce, maar die gaf geen sjoege. Tom stond op en gaf me een knipoog, alsof hij wilde zeggen: maak je geen zorgen, kleine slapjanus, mijn makker kan vervelend doen, maar als je vriendelijk blijft lachen en je bek houdt, gebeurt er niks. Yann liet zijn arm om haar schouder liggen. De herinnering aan afgelopen nacht kwam boven. Ik had hem gadegeslagen in zijn blauwe zwembroek en gewild dat hij doodging.

'Ze vindt het niet fijn als je haar aanraakt,' mompelde ik.

'Wat?'

Tom begon te lachen.

'Wat zei hij? Wat zei hij?' herhaalde Yann en hij lachte ook om het vuurtje aan te wakkeren.

'Niets,' antwoordde ik koeltjes. 'Ga nou maar zwemmen.'

Hij gaf me een por, niet zo hard dat ik revanche moest nemen, perfect gedoseerd.

'Je moet wel lol maken hoor, Léonard.'

Tom trok hem mee naar het zwembad. Luce bleef zitten, glimlachend. Ik trilde een beetje. De tranen duwden vanbinnen tegen mijn oogleden, alsof het deuren waren die ze in wilden trappen. Ik dacht: niet huilen, dit is toch geen reden om te huilen?

'Wat bleef je kalm... Ik had hem een klap verkocht.'

Ik wendde mijn blik af en keek naar de campinggasten die samenklonterden in het zwembad, naar het kunstgras rond het zwembad, de kunstplanten, de parasols die hier en daar waren neergezet als een 3D-model van het product vakantie. De zon recht erboven brandde als een enorme gloeilamp. Ik wist niet wat ik wilde. Ik kon me voorstellen dat ik van alles deed of helemaal niets, met dezelfde vreemde verbazing. Ik luisterde naar de aquagymjuf die de deelnemers vroeg op het ritme van de muziek hun bekken te bewegen om een mooi lichaam te krijgen, een mooi lichaam voor deze zomer die bijna voorbij was, een mooi lichaam om ondanks je lelijke gezicht, je vet en je vervelde huid de liefde te vinden... *Touwtjespringen, hup hup, touwtjespringen, hup hup... Rustig aan... Niet te snel... Positie 1, 2... Postitie 1, 2... Heel goed... Heel goed...* Er trilde iets in mijn zak. Hetzelfde deuntje als gisteravond. Plotseling gutste het zweet als een kleine waterval over mijn rug. Ik haalde Oscars mobieltje tevoorschijn, verborg het achter mijn bovenbeen en zette het uit. Luce had niets gezien of gehoord. Of misschien kon het haar niet schelen. Misschien kon niets haar schelen. Ze nipte van haar cola. Ze leek opeens iemand anders, iemand die met al die mensen hier onder één hoedje speelde. Ze sprong er niet meer uit. Ook zij hing rond bij het zwembad, die smerige vijver. Ik had zin om de cola in haar gezicht te smijten.

Ik zweette te veel, ik moest me wassen. Demonstratief trok ik mijn T-shirt uit, hier, voor het eerst buiten de douches of mijn tent waar niemand me zag. Ik was tenger. En ook bleek, je kon zien waar mijn T-shirt had gezeten. En misschien zag je ook de afdruk van alle handen van de ooms die me op mijn rug hadden geklopt met de woorden: 'Je moet goed eten, Léo, je bent veel te mager!' Een onmiskenbare holte ter hoogte van het borstbeen. Frêle schouders die overgingen in een lange dunne breekbare hals. Ribben die je kon tellen en schouderbladen die uitstaken als bij een kind. Een klein, licht ontvlambaar lichaam. In vergelijking met het gangbare type was ik een sul, zonder enige marktwaarde. Toch stond ik op. Oscars telefoon legde ik zo vanzelfsprekend neer alsof het de mijne was. Ik wist dat Luce naar me keek. Ik liep naar het zwembad, met opgeheven hoofd, en sprong erin zonder mijn neus dicht te houden. Ik kreeg water binnen. Ik liet me naar de bodem zakken. Boven me afgesneden benen, achterwerken, kleine voetjes die trappelden om niet te zinken. Gefilterd door het blauw leken het zonlicht en het gelach niet meer dan herinneringen. Ik kon hier blijven, met een mond vol chloor. Een persoon minder op de camping, geen mens die het merkte.

*

'Mijn ouders vinden kamperen uit de tijd, iets voor sneue types. Maar ik mag hier iedere zomer naartoe. Ik kampeer hier al voor het vierde jaar in m'n eentje.'

'Dan zul je iedereen wel kennen.'

'Nee hoor, er komen elk jaar andere mensen, ook al zijn er wel die terugkomen. Kom jij terug, Léonard?'

'Geen idee.'

Haar ouders woonden in het dichtstbijzijnde dorp. Je kon er dwars door het bos naartoe. Het pad was rustig en lag in de schaduw. De pijnboomnaalden waren zacht en brandden niet aan je voeten. Ik rook nog naar chloor. Ik hield mijn armen een eindje van mijn lichaam om mezelf te luchten. Ik voelde me goed. Even vergat ik Oscar bijna. Ik liep naast Luce. Ik dacht aan Yann, die haar schouders had aangeraakt en er niet meer bij was. Ik dacht aan Oscar, die ze was gaan halen bij zijn bungalow en die er ook niet meer bij was. Oscar, die ze de avond daarvoor had gekust. Ik was jaloers. Dus dacht ik weer aan Oscar, maar op Oscar kon je niet jaloers meer zijn, dacht ik, en ik besloot niet meer aan hem te denken. Ik keek naar Luce en vond haar knap. Weer dacht ik aan Oscar, met wie ze hier vast ook al eens had gelopen. Hoe kon ik niet aan Oscar denken? De pareo van Luce streek langs mijn hand. Het gevoel kroop langs mijn arm omhoog naar mijn hart. Het was een andere warmte dan die van de zon, dit was fijner, op deze manier wilde ik het graag warm hebben.

We kwamen een stel tegen met een kind. Het jongetje bedreigde ons met een pistool. Hij schoot mij door het hoofd. Luce moest lachen. De moeder pakte hem beet en gaf hem een oplawaai. Hij huilde. De vader keek ons verontschuldigend aan en ze liepen door. Luce begon weer te lachen en ik lachte ook. Het water parelde op mijn gezicht, ik moest eruitzien als een natte hond. Ze stak haar hand uit om mijn wangen af te vegen. Haar gebaar ging over in strelen, bewust, had ik de indruk. Ik liet haar begaan. Ik wilde haar ook aanraken, maar wist niet hoe het moest. Alles wat in mijn buik begon viel uiteen of verschrompelde voor het bij mijn vingertoppen was, die niet wisten hoe ze moesten strelen. Toch tilde ik mijn hand op. Iets in dit bos zette me ertoe aan. De camping en de muziek waren ver weg. Ik hoefde maar één stap te zetten. Ik streek over haar gezicht en volgde de contouren. Mijn handen trilden en het trillen zelf werd een liefkozing die omlaagging langs haar ogen, haar neus, haar wangen, haar mond. Luce stond stil met haar ogen dicht. Alles wat ik nooit had gezegd kon ik eindelijk zeggen, geluidloos. Ik wilde zoveel geven. Dit was niet genoeg. Ik boog naar voren om haar te omhelzen, maar met een lachje hield ze me tegen en we liepen verder.

In haar straat vroeg Luce me te raden welk huis het was. Ik zag er een met groene luiken en wees ernaar – ik had het goed. Luce glimlachte, ze pakte mijn hand en ik dacht dat ze me mee zou nemen naar haar kamer. Maar bij de open garagedeur bleef ze staan.

'Shit, ze zijn thuis.'

Ze liet mijn hand los. Haar vader verscheen.

'Goedemiddag.'
'Dag meneer.'
'Nou, daar zijn we dan!' riep Luce en ze klopte me vriendschappelijk op mijn rug. 'Hier woon ik.'
'Heel mooi.'
Haar vader keek naar me alsof ik een stuk vuil was en liep weer naar binnen. Luce was veranderd. Ze geneerde zich, ze bloosde zelfs. Daardoor hield ik nog meer van haar. Ik had kennis willen maken met haar vader, om met hem te praten en bij hem in de smaak te vallen.
'Sorry, het is beter als je niet mee naar binnen gaat. Ik ben hier twee uur bezig. We zien elkaar straks bij mijn tent, als je wilt.'
'Oké.'
Ik aarzelde of ik haar nog aan kon raken om dag te zeggen. Ze gaf me een vluchtige kus op mijn wang, daarna verdween ze en was ik weer alleen. Tot Oscar zich meldde met zijn geur en zijn dode ogen.

*

Eenmaal terug in het bos voelde ik nog steeds die angst in mijn buik, maar het was een ander gevoel, draaglijker. Ik glimlachte. Ik herinnerde me het gezicht van Luce. Ik herinnerde me haar lichaam, zo dicht bij het mijne, haar bovenbeen, dat zonder het te weten Oscars mobieltje in de zak van mijn zwembroek had gestreeld. Er klopte iets niet. Er zat iets in mijn mond dat eruit wilde. Ik pakte het mobieltje, liet me op mijn knieën vallen op het naaldentapijt onder een pijnboom en groef een klein gat. De grond was zacht. Ik legde het mobieltje erin en maakte het gat dicht. Nadat ik overeind was gekomen gaf ik over: gal en chloorwater, daarna liep ik door het bos terug naar de camping. Het kon niet veel later zijn dan drie uur. Ik wist niet wat ik moest doen tot we vertrokken. Mijn tanden poetsen, en dan? 'En Léo,' vroeg mijn vader vaak, 'wat staat er vandaag bij jou op het programma?' Ik gaf nooit antwoord. Ik had geen programma. Ik liep achter Louis of onze hond aan over de paden en wachtte tot de uren voorbij waren, tot de zonnen een voor een ondergingen, tot en met de laatste zon op de laatste avond. Er was niets veranderd.

Ik liep het duin weer op om naar de kuil te kijken. Het leek al een oud graf. Niemand in de buurt had een idee. Op weg naar het strand liepen ze rakelings langs de dood en het einde van de vakantie. Zonder het te beseffen bouwden kinderen zandkastelen ter nagedachtenis aan Oscar. Door het hete zand lopen was zo zwaar dat er soms iemand langsliep met een van pijn vertrokken gezicht, alsof hij plotseling wist wat er speelde. Ik keek die persoon dan aan en probeerde oogcontact te maken. Maar die glimlachte dan alweer en liep door. Boven op het duin moest iedereen om een kinderwagen heen, die was achtergelaten in de zon. Sommigen bogen zich er geschrokken overheen en stelden vast dat hij leeg was, goddank. Anderen dachten dat hij van mij was. Ze zagen me aan voor een onverantwoordelijke tiener die zijn broertje liet verbranden. Ze zeiden dat ik daar niet moest blijven zitten, zo pal in de zon met die hitte. Ik zei dat ik op iemand wachtte. Dat was ook zo. Nog twee uur, dan kwam Luce terug. Daar klampte ik me aan vast. Het was mijn baken op deze lege, lome dag. Ik wachtte. En toen ik het wachten beu was wilde ik het zand omwroeten en de kuil onder ieders ogen uitgraven, zodat het afgelopen zou zijn met het hele gedoe en ze me meenamen.

Ik hield het op het duin niet meer uit en liep naar de camping, waar ik een uur ronddwaalde, misschien ook langer. Ik bewoog mijn lippen zonder te praten. De mensen gingen me uit de weg. Het geluid uit de luidsprekers klonk harder dan eerst. Ik sloot mijn ogen in de hoop dat ik dan minder last zou hebben van de muziek, die door alle lichamen en tenten werd weerkaatst, zoals het licht door het stof op de paden. *Des-pa-cito... Quiero desnudarte a besos despacito...*

'Hé, Léo, wat doe je?'

Het was Louis. Ik was op de jeu-de-boulesbaan beland. Overal mensen die elkaar omhelsden, het leek wel het begin van een orgie. Ik dacht dat ik hallucineerde, maar toen wist ik het weer: het was BROEIERIG BLINDEMANNETJE, zoals elke zaterdag. Het stond op het programma bij de receptie. Waarom had ik daar niet meer aan gedacht? Waarom was ik hiernaartoe gelopen, in mijn toestand, op een zaterdag, terwijl ze BROEIERIG BLINDEMANNETJE speelden?

'Wat doe je?' vroeg Louis weer. 'Speel je mee?'

Allerlei mensen waren aan het rennen. Sommigen waren geblinddoekt en moesten de anderen vangen. Als ze daarin slaagden mochten ze hen kussen. Het was opwindend en hilarisch. Er werd gelachen om de blinden die struikelden in het stof, met een wezenloze glimlach, de handen hoopvol uitgestoken naar alle omhelzingen die hun werden geweigerd, en om de wanhopigen die zich expres lieten vangen als ze dachten dat niemand het zag. Ergens in de drukte stond het roze konijn te roepen: 'Olé! Olé! Olé!' Mijn hoofd begon te gloeien.

'Wat doe je?' vroeg Louis voor de derde keer, harder nu – iedereen praatte heel hard.

Het konijn dook op en wilde me blinddoeken. *Despa-cito... Quiero desnudarte a besos despacito...* Ik verzette me. Het konijn drong aan, het danste om me heen en steeds meer mensen bleven lachend staan. Het beest wilde dat ik meedeed. Misschien wilde het me ook wel wurgen. Het deed me pijn. Het knipperde niet met zijn ogen en bleef glimlachen, met die duivelse grijns die op zijn vrolijke konijnensnuit was geschilderd. Ik duwde hem weg. Hij viel languit op de grond in een wolk van stof. Iedereen gilde. Iemand gaf me een zet en ik viel op mijn beurt, voor de voeten van een wachtende jeu-de-boulesspeler.

'Dit is BROEIERIG BLINDEMANNETJE, jongeman, geen worstelen.'

Ik sloeg op de vlucht.

'Maak dat je wegkomt.'

Louis rende achter me aan.

'Waarom deed je dat nou? Hij deed jou toch niks?'

'Hij viel me aan!'

'Hij wilde alleen dat je meespeelde! Je bent gek!'

De muziek achtervolgde ons. We waren nog niet weg bij de ene luidspreker of we kwamen alweer in de buurt van een andere.

'Kan het wat langzamer? Waarom loop je altijd zo hard? Het is vakantie, verdomme!'

Ik liep door tot een bank die ergens achteraf stond, ver van de pijnbomen en de muziek, in de volle zon. Mijn knie bloedde. Ik had geen auto en ook geen fiets, ik kon hier niet weg, de wegen in Les Landes waren gevaarlijk, te voet was het risico te groot. Ik wilde de camping in brand zien staan.

'Wat is er met je aan de hand, man?'

'Ik kan niet meer tegen die muziek.'

'O, is dat het...? Natuurlijk, meneer is kieskeurig.'

Met een plechtig gezicht begon hij iets van Vivaldi te neuriën, vast het enige wat hij van hem kende. Ik stond op het punt hem een dreun te verkopen. Maar het ging over. Hij hield uit zichzelf op en leunde op de bank naar achteren, serieuzer nu. Hij bond zijn T-shirt als een tulband om zijn hoofd. Daarna liet hij een lange stilte vallen en ik voelde me beter.

'Léo... Ik heb het gedaan. Ik heb met Zoé geneukt.'

'Echt? Bravo.'

'Het was... wow!'

Ik ging ervoor zitten. Hij vertelde vrienden die in de put zaten graag hoe gelukkig hij was. Dat zij daar niet op zaten te wachten, maakte hem niet uit en misschien besefte hij het niet eens. Hij rechtte zijn rug en zijn hele lichaam kwam tot leven om me alles te vertellen, me een gevoel van onbehagen te bezorgen en het tikkeltje begeerte dat ik nog had te vernietigen.

'We zijn samen gaan zwemmen... Eerst een beetje gevoeld, je weet wel... Ik had al een knots van een stijve... Zij stelde voor om naar haar tent te gaan... Ik was er helemaal klaar voor. Ik schoof mijn piemel een beetje opzij onder het elastiek van mijn short en hield mijn handen ervoor, zodat je het stuk dat erboven uitstak niet zag. We lachten ons dood, we zaten in een complotje, dat vond ik geil... Daarna heb ik mijn T-shirt aangetrokken en ben ik met mijn paal over de paden gekuierd, incognito, langs alle kinderen, langs oude mensen, misschien ook wel langs jouw ouders... Onderweg praatten we expres over de gewoonste dingen, alsof we niet wisten wat er ging gebeuren. En daarna kwamen we bij haar tent, we kusten elkaar, kropen erin en gingen liggen... Het ging snel...'

Hij raakte buiten adem terwijl hij vertelde. Zijn hele lichaam werd trager. Hij staarde voor zich uit en de glimlach die zijn gezicht had doen stralen ging over in het tegendeel en trok zijn mondhoeken omlaag, alsof zijn blijdschap smolt in de zon.

'Het ging te snel... Misschien als we even de tijd hadden genomen en eerst wat hadden gepraat... Toen ik besefte dat het nu moest gebeuren en ik niet meer terug kon, werd ik bang. Ik zei bij mezelf dat ik het niet mocht verknallen, dat mijn toekomst ervan afhing. Ik raakte mezelf onder mijn zwembroek aan en voelde dat ik al slap werd... Dus dacht ik aan porno. Zoé kuste me en ik dacht aan het smerigste wat ik me kon herinneren om weer een stijve te krijgen, seks op z'n hondjes, gangbangs, in het gezicht spuiten en dat soort dingen. Het hielp wel iets maar het ging niet vanzelf... Het was een worsteling... Ik hield mijn kont naar achteren zodat ze met haar dijen niet kon voelen dat er niets meer was... Ik zweette ontzettend, slecht zweet... Ik wilde weg... Ik lag al te denken dat ik me later af kon trekken en dat dat ook prima was... Toen wilde ik me op haar concentreren, dat zij tenminste klaarkwam, maar zelfs dat lukte niet... Ik dacht alleen maar aan mijn lul... ik wreef hem langs Zoés dijen om hem stijf te krijgen, lamzak die ik was... Ik kuste haar borsten, maar het deed me niks, ik keek er niet naar, ik sabbelde maar wat, volkomen wezenloos... Mijn mond was zo droog dat er vreselijke geluiden uit kwamen als ik hem opende, dus hield ik hem maar dicht... Ik lachte maar wat naar haar... Ik lag op haar en dat moest zwaar zijn... Eigenlijk had ik geen idee hoe het voor haar was... We plakten aan elkaar maar waren helemaal niet samen... We bleven maar proberen... Na een tijdje probeerde ik haar te strelen onder haar badpak. Ik wist niet hoe het moest... Ik heb al ik weet niet hoeveel kutjes gezien, uitvergroot zelfs, maar op dat moment wist ik niet wat ik moest doen, hoe ik het moest doen, waar ik moest zijn, ik durfde ook niet te kijken. Ik haalde alles door elkaar, raakte haar aan op plekken die geen nut hadden... Ik kon me wel voor m'n kop schieten... Toch kreunde zij een beetje en daardoor raakte ik weer op dreef. Ik pakte het condoom en deed het om zoals ik dat had geoefend. Maar de boel verslapte alweer... Ik moet eruit hebben gezien als een debiel toen ik doorging... Ik probeerde hem erin te stoppen, veel te ruw, zo bang was ik. Hij sloeg dubbel tegen haar buik, het was afschuwelijk... Ik rukte een beetje... En keek haar maar weer eens aan met dat domme lachje... Opnieuw dacht ik aan porno, in mijn hoofd hoorde ik iemand schreeuwen: Oh yes!

Yes! Fuck! En toen zei zij opeens: geeft niks hoor... Toen was ik er klaar mee. Ik liet me op mijn rug vallen. Ze vlijde zich tegen me aan, heel lief. Ik heb naar het tentdoek liggen staren, boos, ellendig. Met mijn vingers bleef ik aan mijn piemel zitten zonder dat ik het in de gaten had... Ik had zin om te killen, ik zweer het, ik zag me al met een geweer over de camping lopen en een bloedbad aanrichten... Maar Zoé viel gewoon in slaap, heel ontspannen... Ze snurkte zelfs... Ik had het warm, ik wilde weg, maar ik wist dat ze wakker zou worden als ik bewoog en daar had ik geen zin in. Dus ben ik een hele tijd zo blijven liggen... En lach me maar uit, Léo, zeg maar dat ik geschift ben, maar ik zweer je dat ik heb gehuild.'

Louis sloot zijn ogen en zakte onderuit. Zijn ademhaling kwam tot rust. Mijn blik volgde het zweet dat van zijn voorhoofd naar zijn zilveren kettinkje liep, over zijn borst, waarvan alleen de bovenkant gespierd was, naar zijn hawaïzwembroek en zijn teenslippers, die hij de eerste dag op de camping had gekocht, met een brede grijns, dat wist ik nog, want toen hadden we elkaar leren kennen. Zijn borstkas kwam met steeds grotere tussenpozen omhoog, als bij een gewond dier dat op sterven ligt. Daarna dommelde hij in. Louis viel altijd in slaap als hij erg verdrietig was. Daarna werd hij wakker en trok er in topvorm op uit om de volgende klap te incasseren. Ik voelde een beetje medelijden. Ik wilde hem een schouderklopje geven, iets tegen hem zeggen, iets doen, maar er schoot me niets te binnen. Ik probeerde me voor te stellen hoe het zou zijn als ik hem was, niet even maar altijd, ook dat lukte niet.

Tegenover ons brak een man zijn tent af. Ik had hem al eerder gezien. Hij was een jaar of veertig en niet zo knap. Een week geleden was hij op deze plek komen staan, die te groot was voor hem alleen. Hij had de ruimte gevuld met een tafel, stoelen en lichtslingers. Hij had een antenne op de kofferbak van zijn auto gezet zodat hij in de tent tv kon kijken, wat de meeste kampeerders ordinair vonden. Hij had er weinig gebruik van gemaakt. Meestal scharrelde hij buiten bij zijn tent rond en keek hij naar de mensen die langsliepen, vooral naar de vrouwen. Alleen 's ochtends was hij even weg, dan ging hij joggen in het bos. Er was niemand bij hem komen zitten op een van zijn stoelen. De lichtslingers waren een paar keer losgeraakt en hij had ze telkens teruggehangen. Zijn vakantie was nu voorbij, we zouden hem niet meer zien. Hij zou verdwijnen door de poort van de camping waardoor hij de zaterdag ervoor toeterend het terrein op was komen rijden. Terwijl ik hem observeerde, dacht ik na over hem en Louis en de anderen. Ik probeerde hun leed te vergelijken met het mijne. De zon maakte de kleuren wazig en liet het stof schitteren. Een vrouw met een kromme rug trok een kar over de paden.

'Water... Fris... Lekkere drankjes...'

'Yes!' riep Louis terwijl hij plotseling zijn ogen opende.

Hij sprong op, kocht een Red Bull en ging weer zitten.

'Jammer van Zoé. Maar ach, boeie... Er komen wel weer anderen. En jij, hoe staan de zaken bij jou?'

Ik schrok. Maar langzaam en geluidloos vormde hij met zijn lippen de naam Luce.

'Hoe bedoel je?'

'Schei toch uit. Heb je haar geneukt?'

'Natuurlijk niet...'

Alles liep door elkaar, ik voelde me verward. Ja, ik dacht aan Luce. Ik werd rustig als ik aan Luce dacht, in mijn binnenste herhaalde ik haar naam, Luce, Luce, Luce, om te voorkomen dat er een andere naam opdook.

'Hebben jullie wel gezoend? Shit, jullie hebben gezoend. Bravo man! Persoonlijk vind ik haar niet super, maar ik snap dat je haar leuk vindt. Wat doe je dan trouwens hier? Waarom ben je niet bij haar?'

'Ze is bij haar ouders,' zei ik zachtjes, beschaamd.

'Wanneer komt ze terug?'

'Dat weet ik niet.'

Ik wist heel goed dat ze twee uur weg zou blijven, misschien nu nog maar één, want de tijd had niet stilgestaan.

'Vertel op!'

'We waren in het bos...'

'Shit, ik word nu al geil, wat ben ik toch een smeerlap.'

Even voelde ik een zweem van trots, die zich slingerend een weg naar mijn mondhoeken baande en ze optrok tot een glimlach...

'Nee joh, het stelde niks voor, ik weet niet eens waarom ik dit vertel.'

'Serieus? Je vertelt het omdat het je chickie is!'

'Ze is mijn chickie niet.'

'Wat ben je toch een zeikerd, Léonard. Relax, man.'

'Dat hoef je niet de hele tijd te herhalen.'

Ik sloot mijn ogen weer. Iets beters had ik nog niet gevonden. De kleuren en geluiden van de camping bleven in het donker aanwezig. Ik kende het gezang van de vogels in de pijnbomen en het geknars van de elektrische wagentjes op de grindpaden; die geluiden zaten in mij en gingen niet meer weg, net zomin als de chloorlucht van het gemeentebad 's morgens vroeg toen ik klein was, net zomin als de ogen van Oscar, blauw op wit met een bloedkring. Ik hield mijn oren dicht, kalm en beheerst. Louis pakte mijn hand. Hij stopte er iets in: een condoom.

'Hier. Jij hebt het harder nodig dan ik. Je hebt nog tijd voor je vertrekt. Maar kijk uit, Luce is anders dan jij. Ze is... vrijer, snap je? Het is een duvel in een doosje, je weet niet wat je aan haar hebt. Elk moment kan iemand haar bij je wegkapen. Misschien gebeurt dat nu al wel, precies op dit moment, iemand kaapt haar nu bij je weg. Of nu. Of nu. Of nu.'

Hij wilde me aan het lachen maken. Hij pakte me bij mijn schouder. Hij keek me ernstig aan en ik voelde zijn medelijden, een hele lading misplaatst medelijden.

'Relax... Na de vakantie kun je ook nog met haar afspreken, hè. Je voegt haar gewoon toe op Facebook...'

'Water... Fris... Lekkere drankjes...'

De vrouw kwam weer langs. Ze had de hele camping al gehad, of misschien was het iemand anders.

'De kleine Oscar wordt bij de receptie verwacht door zijn mama, die het fijn zou vinden als ze naar huis konden en die hem en passant ook graag een pak slaag zou verkopen.'

Er werd gelachen en daarna werd de microfoon uitgeschakeld. Ik sprong overeind.

'De kleine Oscar,' herhaalde Louis met een spottende grijns. 'Wat een afgang...'

'Ik moet weg.'

'Mooi zo! Eropaf! Pak haar in met dat droevige lachje van je, daar vallen vrouwen op. En doe het beter dan ik, hè? Hard blijven. Net zo hard als Excalibur.'

*

Even later hing ik rond in de buurt van de receptie. Daar liep ik Claire tegen het lijf, die net het gebouw uit kwam, woedend, heel anders dan die ochtend.

'Wat doe jij hier? Ben je hier omdat je Oscar om hoorde roepen?'

Ik schudde mijn hoofd en wilde weglopen, maar ze hield me tegen.

'Heb je Oscar gezien?'

'Niet meer sinds gisteren.'

'Was je toen met hem op het strand?'

'Ja.'

'Zijn jullie gaan zwemmen?'

'Hij wel.'

Ze kwam dichterbij.

'Buiten het bewaakte strand?'

'Dat weet ik niet... misschien.'

'Weet je wat muien zijn?'

'Ja.'

'Waarom heb je hem niet tegengehouden?'

'Ik weet het niet... het spijt me...'

Mijn lip begon weer te trillen. Plotseling flitste de mogelijkheid door mijn hoofd dat Oscar niet gewurgd was maar verdronken, meegevoerd door de stroming. Ze zouden hem in zee zoeken, niet in het zand, en mij zouden ze met rust laten, ongestraft, ver weg van Claire. Haar lichaam verduisterde de zon. Iedere keer als ze bewoog liet ze stralen door.

'Als je iets weet, moet je het tegen me zeggen.'

'Natuurlijk.'

'Waarom kwam je daarstraks naar onze bungalow? Je deed heel raar.'

'Ik had het warm... Ik liep toevallig langs...'

Claire keek me onderzoekend aan. Om haar te misleiden deed ik of ik duizelig was van de hitte, zodat ze me alleen nog zou zien als een eenzaam kwetsbaar jongetje.

'Ze halen de SNSM erbij.'

'Oké,' fluisterde ik zonder te begrijpen waar ze het over had.

'Geef me je nummer. En laat het me weten als jij van jouw kant iets hoort.'

We wisselden telefoonnummers uit. Ik had niets bij me, dus schreef ze het hare op een papiertje dat ik in mijn zak stopte, op de plek waar eerst Oscars telefoon had gezeten. Ze wierp me een laatste blik toe en ik dacht aan mijn leugens. Ze legde een hand op mijn schouder, haar nagels drongen in mijn huid.

'Hoe heet je ook weer?'

'Oscar.'

'Wat?'

'Léonard.'

'Ben je niet goed wijs?'

'Sorry. Ik voel me gewoon niet lekker.'

Ik rukte me los.

'Ik heb het warm. U maakt het erger. U brengt me in de war. Ik ken uw zoon niet. Laat me met rust.'

*

Urenlang was ik de enige geweest die zich druk maakte. Niemand had aan hem gedacht, zelfs zijn moeder niet. Ze had niets gedaan, behalve op hem wachten. Maar nu groeide de bezorgdheid, die zich via de paden zou verspreiden tot iedereen op de hoogte was. Ik was bang. Ik verachtte mezelf. Ik had op het punt gestaan alles te bekennen en had het niet gedaan. Ik kon vluchten. Het stond niet vast dat ze me zouden vinden. Het zand moest mijn vingerafdrukken hebben uitgeveegd. Ik hoorde kofferbakken dichtslaan. Het was vijf uur, een mooie tijd om te vertrekken, dag te zeggen tegen Luce en Louis en de rest achter me te laten, als een half uitgetrapt vuurtje. Ik had genoeg tijd verloren.

Op onze plek hadden mijn ouders hun tent nog niet afgebroken. Dat ergerde me. Ik kroop in de mijne om mijn spullen klaar te leggen. Alles lag netjes op zijn plaats, als in het flatje van een dode. Hoelang was ik weg geweest? Mijn kleren lagen opgevouwen in een hoek. Mijn elektronische apparaten wat hoger, een eindje van de grond, zodat er geen zand in kwam. De rol toiletpapier nog altijd weggemoffeld achter mijn kussen. Ik vroeg me af of ik ooit nog zin zou hebben in dat gedoe. 's Nachts was het soms het enige wat hielp om in slaap te komen: met geruisloos bewegende pols, voeten aangespannen zodat ze het tentdoek niet raakten, dacht ik aan alle meisjes die ik was tegengekomen en die mij niet hadden zien staan. En hoewel ik helemaal alleen was, kreeg ik een kleur. Daarna viel ik in slaap en werd ik 's ochtends wakker zonder me te herinneren dat ik had geslapen. Dat was nu eindelijk voorbij. Vaarwel tent, dacht ik, ik pak mijn spullen in, ga naar huis en ga nooit van mijn leven meer kamperen.

'Wat ben je aan het doen, Léonard?'

'Spullen pakken.'

'Waarom?'

'We gaan toch zo weg?'

'Nee hoor.'

Ik kroop naar buiten en zag ze glimlachen alsof ze goed nieuws hadden.

'We hebben besloten toch pas morgenochtend te vertrekken.'

'De afspraak die ik had is uitgesteld tot dinsdag.'

'Ben je blij?'

'Hij is niet blij...'

'Laat hem zelf antwoorden.'

'Léonard?'

Ik ging zitten. Ik knikte en probeerde te glimlachen. Mijn vader wilde nog iets zeggen, maar mijn moeder hield hem met een gebaar tegen. Ze keek me over haar boek heen strak aan. Ik kende die blik, die ik vaak alleen maar had gevoeld, die blik waarmee ze naar me keek wanneer we als gezin aan tafel zaten en iemand iets zei waardoor ik me gekwetst kon voelen – dan peilde ze me in stilte en lette ze bezorgd op de geringste reactie die ik vertoonde. Ik voelde hem ook nu, die blik die me zachtjes doorzocht en drogbeelden opzijschoof om in mijn ogen de waarheid te vinden, en misschien ook het gezicht van Oscar, dat diep in mijn binnenste doorleefde.

'In elk geval moet iemand Bulle even uitlaten,' zei mijn vader. 'Hij gaat hier nog dood.'

Mijn moeder wendde haar blik af. Haar ogen zochten de hond.

'Waar is hij?'

'Bulle!' riep Alma, die naast me bleek te zitten, ik had niet gemerkt dat haar hand op de mijne lag.

'We moeten hem vinden.'

'Ik ga wel,' zei ik resoluut en ik liep weg. Alma kwam achter me aan.

*

‘Wat doe je de hele dag, Léonard, als je niet bij ons bent?’

‘Weet ik veel... Rondlopen, mensen zien.’

‘Wie?’

‘Vrienden.’

‘Wie?’

‘Ik heb een vriend die Louis heet.’

‘Die zo zweet? Die heb ik weleens gezien.’

‘Iedereen zweet, Alma.’

‘Ik niet. Adrien ziet ook mensen, weet je.’

‘Ik weet het.’

‘Ik geloof dat hij een meisje heeft.’

‘Dat is mooi.’

‘Waarom ben je vandaag zo verdrietig?’

‘Ik ben niet verdrietig.’

Ik glimlachte naar haar en ze keek blij. We bleven Bulle zoeken. Misschien was hij weggevlucht van de camping, naar het noorden, naar de koelere kiezelstranden. Daar was het fijner. Ik voelde een lichte weemoed opkomen bij de gedachte dat ik mijn hond nooit meer zou zien.

Hoe kwam ik de uren door die erbij waren gekomen? De rest van de dag lag voor me als een open wond. De vakantie begon opnieuw. Nóg een nacht. Misschien moest ik er gewoon niet aan denken en de hele tijd over de camping blijven lopen, samen met Alma, op zoek naar Bulle. Maar mijn angst zou toenemen. De SNSM, wat dat ook was, zou zich over de camping verspreiden. De ogen van Claire en die van mijn moeder zouden zich vermengen tot één en dezelfde ondraaglijke blik. Niemand verdween twee nachten op rij. Vanaf de tweede nacht werd je als vermist beschouwd, misschien was je wel dood. En dan vonden ze het lichaam dat ik met mijn handen in het zand had begraven. Het woord erosie kwam bij me op. Was dat wel het goede woord? Erosie: een windje steekt op uit zee, ritselt als zacht gefluister over het zand en legt Oscar bloot, Oscars open oog dat naar de hemel staart.

En daarna voelde ik me opeens prima. De vele uren waren een tunnel. Ik zou er samen met haar doorheen lopen, met Luce, tot het ochtend werd.

*

'Attentie! Wees voorzichtig op het strand, de golven worden hoger en de oranje vlag zou weleens gauw rood kunnen worden! We zijn hier in Les Landes! Maar golven betekenen wind, en wind betekent afkoeling. Ik hoor zelfs net in mijn oortje dat er vanavond onweer wordt verwacht. We houden u op de hoogte!'

Luce hing haar pas gewassen wasgoed op.

'Is dat je zusje?'

'Ja,' zei ik trots. Ik wilde dat Luce haar leerde kennen.

'Hoe heet je?'

'Alma, en jij?'

'Luce.'

'Alma,' vroeg ik, 'je kunt de weg naar papa en mama toch zelf wel vinden?'

'Ze zeiden dat je bij me moest blijven.'

'Dat weet ik, maar ik blijf liever bij Luce, dat begrijp je toch wel?'

'Tuurlijk.'

Ze fladderde weg als een vlinder. Ik liep naar Luce, een beetje ontroerd. Het leek alsof ze net terug was van een lange reis.

'Ik heb je gemist.'

'Dat is lief van je, Léonard... Wat heb je gedaan terwijl ik weg was?'

'Ik heb op je gewacht.'

Ze ging door met het ophangen van de was. Ze raakte me niet aan en keek ook niet echt naar me. Wat is dit, dacht ik terwijl ik rond haar tent liep te ijsberen, is ze het alweer vergeten? Ik had gedacht dat ze me zou kussen. Plotseling liet ze een boer en kwam naar me toe alsof ik een goeie ouwe vriend was.

'Heb je het konijn gehoord? We krijgen onweer. Zie je dat daar? In de lucht?'

'Wat moet ik zien?'

'Daar in de verte. Donkere wolken. Ik kan niet wachten. Eindelijk weer eens iets anders dan die vreselijke sleur. Zullen we gaan zwemmen?'

'Oké.'

Ze vindt me niet leuk. Ze vindt me niet leuk meer. Voor mij waren die twee uur een eeuwigheid, voor haar betekenden ze niks. Ze was gewoon haar kleren gaan wassen en nu was ze weer hier.

Ik glimlachte om mijn gevoel van eigenwaarde niet te verliezen. Ik keek weer rond op zoek naar camera's, naar de grap die werd uitgehaald, naar tekenen dat ik in de maling werd genomen. Wat wilde ze van me? Ze was knap. Knapper dan ik. Als ze wilde, kon ze makkelijk een jongen krijgen die vlotter en zelfverzekerder was. Maar ze stuurde me niet weg, ze nam de tijd voor me. Het was het enige wat ik had gewild en nu voelde ik me schuldig en dacht: ze zou niet met me optrekken als ze wist dat ik Oscar heb vermoord. Ze raakte in het voorbijgaan mijn arm aan. Ik zette een stap in haar richting, maar ze liep bij me vandaan.

'Wil je een handdoek lenen?'

'Graag.'

Ze gooide hem naar mijn hoofd, daarna pakte ze mijn hand en gingen we op pad. Schutterig volgde ik haar naar het strand. Het viel niet te ontkennen: ik was een windvaantje in haar wind, mijn hart maakte een buiteling als ze ook maar even naar me keek. Waarom had ik mijn oog op haar laten vallen, op dat meisje dat me meezeulde alsof ik een hond was? Ik liep steeds achter de feiten aan. Soms leken haar ogen me te zoeken, maar voordat ik de kans kreeg om het te geloven, negeerde haar gezicht me alweer, en net als ik daar verdrietig om werd, pakte ze mijn hand. Ze had me in haar macht. Als ze me zou vragen ergens af te springen... We liepen langs de kuil en ik keek er niet eens naar.

*

Luce zoende me rond zes uur, zonder waarschuwing vooraf. We keken elkaar aan en ze boog zich naar me toe en nam mijn gezicht tussen haar handen. Het strand verdween, het enige wat er nog was waren haar lippen, waar ik helemaal in opging, zonder te weten wat ik moest doen. Ik probeerde een paar bewegingen die niet harmonieerden met de hare. Geleidelijk aan ging het beter. Het ontwikkelde zich als muziek, onze solo's vonden elkaar. Het werd een lange kus, die voor mij voelde als een wedergeboorte, als een enorme poort die toegang gaf tot de hemel. Daarna waren we met z'n tweeën, maar het leek alsof we ons over het hele strand verspreidden, zodat onze blijdschap tussen de rijen lichamen door kon stromen en net als de zon iedereen bereikte. O, wat hield ik van dat strand. Ik speelde volleybal. Ik trok mijn T-shirt uit en liep met ontbloot bovenlijf rond, zonder met mijn armen te zwaaien om mijn spichtigheid te verbergen, zonder te tobben, opgenomen in de menigte als in water. Boven ons hoofd vloog een reclamevliegtuigje langs met een banner waarop FANTA stond en ik kreeg zin in een drankje. Ik riep een frisdrankverkoper en kocht een blikje Fanta, dat ik deelde met Luce. Ik maakte deel uit van het systeem en genoot ervan, samen met de anderen. De geur van de churros en het lawaai van de waterscooters stonden me niet langer tegen. De hitte was niet drukkend meer maar licht, ik liet me erdoor bedwelmen en zweette van plezier. We gingen zwemmen, Luce en ik, en lieten ons omvergooien door de golven. De strandwacht floot een paar keer en schreeuwde naar me. Ik lachte. Ik had geen last meer van de zon op mijn hoofd of van de zee die sterker was dan ik. Ik luisterde naar de muziek en herkende het liedje: *Vamos a la playa... A mì me gusta bailar... El ritmo de la noche... Sounds of fiesta...* Op het laatst was ik zo moe dat alles begon te draaien, en Luce trok me mee terug naar onze handdoeken. Ik kuste haar, daarna ging ze onder de parasol liggen lezen, waarbij de schaduw weer een fijne lijn over haar benen trok. Ik ging languit in de zon liggen om bruin te worden, nu mijn lichaam samen met de anderen wilde dansen.

'Kom je, Luce?' riep een langslopende jongen.
'Nee, nu niet!'

Nee, nu niet! Onwillekeurig moest ik glimlachen. Alles buiten mij leek van haar af te glijden.

'Hoe oud ben je eigenlijk, Léo? Je lijkt best jong.'

'Zeventien.'

'Dan schelen we een jaar. En heb je behalve Alma nog andere broers en zussen?'

'Ik heb een broer van vijftien.'

'Lijken jullie op elkaar?'

'Absoluut niet.'

'Is hij knap?'

'Dat weet ik niet... Daar sta ik nooit bij stil...'

Ik fronste mijn wenkbrauwen en dat moet er stom uit hebben gezien, want ze lachte. Wat wilde ze van me? Ze schoof dichterbij.

'Vertel eens iets over jezelf. Wat was bijvoorbeeld de mooiste dag van je leven, weet je dat nog?'

'Ik denk de dag dat ik van mijn ouders Bulle kreeg. Mijn hond.'

'Zou je Bulle voor heel veel geld verkopen?'

'Nee, nooit.'

'Is er iets waar je echt een hekel aan hebt?'

'Eh... ongelijkheid misschien.'

'Ja, ongelijkheid is heel erg, dat is waar. Bij de volgende verkiezingen ben je oud genoeg om te stemmen, ga je dat ook doen?'

'Nee.'

‘Waarom niet? Omdat je er niet genoeg verstand van hebt?’

‘Nee, omdat ik er geen zin in heb.’

‘Waar heb je dan wel zin in?’

‘Dat weet ik niet...’

‘Wat wil je echt, diep in je hart?’

‘Weet ik niet... weet ik echt niet.’

Ik geneerde me. Dat vond ze grappig.

‘Het geeft niet als je het niet weet. Misschien interesseer je je nu ook alleen voor muziek.’

‘Misschien wel.’

‘Naar wat voor muziek luister je trouwens?’

‘Zo’n beetje alles...’

‘Als iemand dat zegt, krijg ik zin om hem te slaan.’

‘Sorry. Ik hou van... klassieke muziek.’

‘Ik weet niet veel van klassieke muziek, maar ik ben dol op Chopin.’

‘Chopin is eigenlijk geen klassieke muziek,’ corrigeerde ik haar blozend. ‘Het is eerder romantische muziek.’

Ze glimlachte en verontschuldigde zich met een knikje. Ik hoopte dat ze nog meer zou vragen.

‘Oké, dan hou ik dus van romantische muziek. Wat kun je me aanraden? Iets wat goed bij dit moment past.’

Terwijl ik mijn blik over het strand liet dwalen dacht ik even na. Verschillende melodieën kwamen samen in mijn hoofd en ik voelde me prettig, ik hoorde hier net zo goed thuis als wie dan ook.

‘Misschien de prelude van *Lohengrin*, van Wagner.’

‘Daar ga ik dan meteen naar luisteren.’

Ze haalde haar oortjes en haar telefoon tevoorschijn en begon te zoeken op YouTube. Ik raakte in paniek bij de gedachte dat ze geen goede versie zou kiezen of dat haar oordopjes geen recht zouden doen aan het geluid, zeker hier, en dat ze teleurgesteld zou zijn. Ik wilde haar tegenhouden, maar ik beheerste me om de sfeer niet te verpesten. Nadat ze de muziek had gevonden ging ze op haar rug liggen en sloot ze zich af, met haar ogen dicht en haar handen tegen haar oren. Ik was alleen. Luce luisterde naar de prelude van *Lohengrin* op het strand van mijn beproevingen, dat nu het strand van mijn eerste liefde was. Ik kon het niet geloven. Het stuk duurde ongeveer negen minuten, soms langer, dat hing van de dirigent af. Zou ze het helemaal uitluisteren? Hopelijk haalde ze op z’n minst de zesenveertigste maat. Ik wist dat het even zou duren voor ze haar ogen weer opende, dus kon ik een hele tijd rustig naar haar kijken, en terwijl zij luisterde, volgde ik de muziek in mijn hoofd en zag ik het verloop van het stuk op haar gezicht en op het strand. Het leek alsof we allemaal in spanning werden gehouden, Luce, ik en de anderen, alsof we één groot lichaam waren, het lichaam van een puber dat languit in het zand lag te wachten tot er iets gebeurde. Reageerde Luce bij de zesenveertigste maat? Ik hoorde de snaren trillen, ongeduldig als een ochtendschemering die zich niet langer laat tegenhouden. Hete tranen vertroebelden mijn blik. De muziek bereikte een hoogtepunt – daarna ging het gejubel langzaam over in vredigheid en stilte. Luce kwam overeind. Ik hoorde de golven en het geschreeuw weer.

'Lang niet gek. Bedankt.'

'Jij bedankt dat je de tijd hebt genomen om te luisteren.'

'Waarom heb je deze muziek gekozen?'

'Dat weet ik niet... het leek me logisch.'

'Als je over muziek praat, veranderen je ogen, het is net alsof alles dan beter gaat.'

Ik wist niet wat ik verder nog moest zeggen. Een aangenaam gevoel van beklemming op mijn borst hield de woorden tegen. Ik keek naar haar en vond haar geweldig – dat was het woord dat bij me opkwam: geweldig. Maar ik wist niets van haar. Ik had haar vragen beantwoord en zij had naar me geluisterd. Ik wilde haar ook iets vragen, maar ze was me voor.

'Je bent niet gelukkig op de camping, hè Léonard?'

'Op dit moment ben ik gelukkig.'

'Laten we dan een foto maken!'

Zonder te wachten hield ze haar telefoon omhoog en nam een selfie, met gestrekte arm zodat we er alle twee op konden. Ze liet de foto aan me zien en ik realiseerde me dat ik onze gezichten nooit zou vergeten, wat er verder ook gebeurde: Luce die peinzend een andere kant op kijkt, en ik met een schuchtere glimlach. Ze ging liggen en sloot haar ogen.

'Luce? Mijn ouders hebben net besloten een dag langer te blijven. Ik vertrek morgenochtend pas.'

'Cool. Ga nu even slapen. En ga in de schaduw liggen.'

Ik probeerde te slapen omdat zij het vroeg.

Ik had meer muziek gewild. De ochtendschemering was allang voorbij, de zon was de hemel overgestoken en koerste al naar de zee, waar hij in weg zou zakken, samen met alle onvervulde verlangens, de ingehouden liefkozingen, de woorden die niet waren gezegd. Om ons heen bleef iedereen lachen en rennen. Het water kwam op. We moesten opschieten met gelukkig zijn. Ik herinnerde me een boek dat mijn ouders me hadden voorgelezen toen ik klein was: *La chèvre de monsieur Seguin.* Over een geit die de hele nacht hard vocht om de wolf op een afstand te houden. Ik kende het verhaal, ik wist precies hoe het afliep, en toch bleef ik altijd tot het eind toe hopen. 'Van tijd tot tijd keek de geit van monsieur Seguin naar de sterren die aan de heldere hemel dansten en dan dacht ze: o, als ik het maar tot de ochtend volhoud...' Ik herinnerde me ieder woord en met ieder woord kwam ook het verdriet terug. Met mijn ogen dicht voelde ik het licht niet meer, ik kon me verbeelden dat het een ander moment van de dag was, dat we ergens anders waren en er niets dood was.

*

Ik werd wakker van iets hards in mijn zwembroek. Er duwde iets tegen de stof. Ik ging op mijn buik liggen. Niemand had iets gezien. Luce sliep nog. Ik was doornat van het zweet en had hoofdpijn. Ik had vast een zonnesteek opgelopen. De ander gaf zich, tegen mijn handdoek gedrukt, niet gewonnen. Dit was me op het strand nog nooit overkomen. Ik begreep het niet. Het deed zelfs pijn. Mijn blik richtte zich op Luce. Ik keek niet naar haar gezicht, maar naar haar borsten en de ronding van haar billen onder haar badpak. Ik voelde me sterker, zelfverzekerder. Ik schoof naar haar toe om haar te kussen, haar met mijn vingertoppen te strelen, terwijl ik huiverde van een nieuw soort hitte, die niets te maken had met de zon of met angst, maar iets heel anders was, iets onweerstaanbaars.

'Léo.'

'Luce...'

Ik bleef haar strelen en liet mijn vingers over haar buik naar beneden glijden.

'Léo, we liggen op het strand.'

'Laten we dan teruggaan...'

'Nee.'

Ik wilde stoppen maar kon me niet beheersen. Luce schoot overeind.

'Wat dóé je?'

Ik keek haar schaapachtig aan. Ze draaide zich van me af.

Yann en Tom, die twee gasten uit het zwembad, kregen ons van een afstand in de gaten en kwamen naar ons toe. Ik pakte de zonnebril van Luce en zette hem op om me erachter te verschuilen, voor het geval er tranen kwamen. Ze namen me onderzoekend op. Yann kwam tussen ons in zitten en Tom naast mij.

'Fokking smerige klotehitte, niet normaal. Gaat het, kerel?'

Ik knikte achter mijn donkere bril. Die was heel praktisch. Ik wilde luisteren naar wat Luce zei, maar de afstand van een handdoek was voldoende om niets anders meer te horen dan de golven en Tom, die me zijn patat- en bieradem in het gezicht blies.

'En... is het aan tussen jullie of niet?'

Hij wees naar Luce. Ik haalde mijn schouders op. Ik voelde me welbespraakt zonder iets te zeggen.

'Hebben jullie gezoend?'

'Ja.'

'Geneukt?'

'Nee.'

'Je moet er bij haar wat voor doen. Moet je kijken hoe Yann zich zit uit te sloven. Voor Oscar was het ook balen, weet je. Die kreeg gisteren de kous op de kop. Hij ging helemaal over de rooie... Ik weet zeker dat hij gekotst heeft, de klojo. Ik denk dat hij met zijn moeder is vertrokken zonder nog even dag te zeggen. Zie je die lucht? Er komt onweer. Het gaat knallen. Hé, luister je wel?'

Een strandwacht liep te schreeuwen. Iedereen moest het water uit, het werd gevaarlijk. Ik merkte dat Yann steeds dichter naar Luce toe schoof en haar met woorden probeerde te verleiden. Doe je best maar, dacht ik. Het heeft toch geen zin. De hele boel ontploft straks. Het onweer zou gepaard gaan met een enorme golf die alles meesleurde, het strand, de camping en de verwarde gevoelens van alle pubers. Een rode helikopter hing vlak boven het water. Dat moest de SNSM zijn, de reddingsbrigade. Ze zochten in de golven om te kijken of ze Oscars lichaam zagen drijven. Ze keken op de verkeerde plek. Ze speurden de zee af omdat die wild en koud was. Het zand was te zacht en te warm. Daar kon Oscar niet liggen. Ze hadden de verkeerde vijand voor zich, zoals iedereen zich vergiste in de lachjes en het geschater, in de vrolijkheid op de paden van de camping. Het was overal één groot misverstand. Weinig mensen pleegden zelfmoord in het water. De helikopter vloog verder over de zee en ik bleef liggen, in de zon, nog altijd stijf tegen mijn handdoek gedrukt.

*

Samen liepen we terug naar haar tent, zonder iets te zeggen. Ik ging naast haar zitten en boog mijn hoofd.

'Stom van je om in de zon te gaan liggen.'

'Sorry.'

'Je bent een rare gozer, ik bedoel, ik vind je best leuk, maar soms doe je raar.'

'Sorry...'

'Wat zeg je?'

'Sorry.'

'Grapje. Ik verstond je heus wel.'

Ze liet zich kussen. Ook al reageerde ze lauw, toch bezorgden haar lippen me rillingen en tegen mijn zin begon ik mijn bekken te bewegen – belachelijk om van zo'n lichte aanraking in extase te raken. Mijn ademhaling ging sneller. Ze kuste me steviger, haar hand kroop over mijn dij omhoog. Ik drukte erop. We zweetten. Ik streelde haar borsten. Haar andere hand kneep mijn keel dicht.

'Léo...'

Ik keek haar aan en herkende haar niet.

'Shit, Léo, wat doe je, man? Ben je gek of zo?'

Ze trok zich terug, maar ik pakte haar hand weer. Ik voelde mijn eigen huid beter dan de hare – dat is wat er gebeurt als je iemand aanraakt die dat niet wil. Luce gaf me een stomp tegen mijn ribben. Ik klapte dubbel van de pijn en bleef even zo zitten omdat ik niet wist wat ik moest doen. Daarna ging ik rechtop zitten. Ze was niet meer dezelfde, haar mond stond strak, ze had een rimpel in haar voorhoofd, ik vond haar niet knap meer.

'Je moest je ogen eens zien.'

'Je speelt met me,' zei ik zachtjes. 'Je laat me denken dat er iets tussen ons is, maar er is niets.'

'Arme Léonard.'

'Net als bij Oscar,' ging ik in één adem door.

Ze lachte, het was een vreselijk lachje, erger dan de stomp. Het scheelde niet veel of ik had gezegd dat Oscar dood was. *Oscar is trouwens dood.*

'Flikker op!'

Ik deed wat ze zei. Luce verdween en de hele camping nam haar plaats in, het stof, de rook van de barbecues, het geschreeuw, de jeu-de-boulesballen, zwaar genoeg om er iemand de kop mee in te slaan, en die eeuwige muziek: *I gotta feeling... That tonight's gonna be a good night... That tonight's gonna be a good, good night...*

*

Toen was er alleen nog Oscar. Zijn ontbindende lichaam. Rottend als stilstaand water. Overal om me heen. Hij plakte aan mijn huid. Soms wist ik niet meer hoelang hij dood was, hoelang ik hem al meezeulde over de paden. En was ik niet al veel eerder schuldig geweest, lang voor het moment van zijn dood? Had ik als kind al niet gevoeld dat het hierop uit zou draaien? Het was allemaal niet nieuw. Alle lijnen kwamen samen op deze camping, waar Oscar sinds mensenheugenis begraven lag. De bezigheden en trucjes om dat te vergeten werkten niet meer. De afstanden die kampeerders aflegden waren kort: water halen, naar een ligstoel lopen, een biertje uit de koelkast pakken... Ik had een langer traject nodig. Dus ijsbeerde ik over de camping. 'Ik heb Oscar vermoord,' mompelde ik van tijd tot tijd, zo zachtjes dat het alleen een bekentenis aan mezelf was. En ik dacht: ík ben er nog, ik blijf, ik geef me niet gewonnen.

Ik kreeg zin om te douchen. Sinds de vorige ochtend had ik me niet gewassen, ik voelde me vies. Te veel soorten zweet vermengden zich op mijn huid. Vlak bij het sanitairgebouw liep ik mijn broer tegen het lijf, Adrien, die onder een kunstplant een meisje stond te zoenen. Hij maakte zich van haar los, duidelijk niet op zijn gemak.

'Hoi, Léo. Wat doe jij hier?'

'Wandelen,' zei ik terwijl ik naar het pad wees.

Ik keek naar het meisje dat achter hem stond, net zo bedremmeld als hij. Ze moest ongeveer even oud zijn, vijftien. Best knap. Adrien liet zijn stem dalen.

'Niks tegen mama en papa zeggen, hè.'

Ik bestudeerde hem, mijn broer met zijn geruite espadrilles, zijn perfect gebruinde huid en zijn blauwe armbandje, dat hij niet had doorgeknipt, waar hij zich niet voor schaamde. Hij voelde zich hier senang. Hij ging op in zijn omgeving. Hij was op vakantie, zo ver van me af, mijn broer en toch een vreemde, te gelukkig om zich ook maar iets af te vragen. En nu keek hij me met zijn puppy-ogen smekend aan, alsof hij geen idee had van alle armoedzaaiers en stervende mensen op deze wereld.

'Waarom zou het een probleem zijn als ik het vertel?'

Hij schrok.

'Dat weet ik niet... ik heb liever dat je je mond houdt.'

'Denk je dat het niet mag?'

'Hou op!'

'Ik zeg niks, relax.'

Ik deed een paar stappen achteruit om beter naar zijn vriendinnetje te kunnen kijken. Dat was dus het meisje dat hij kuste, met wie hij straks misschien wel naar bed ging, als hij dat al niet had gedaan... Die jongelui beginnen tegenwoordig steeds vroeger, dacht ik. Hoe hadden ze elkaar leren kennen, wie had de eerste stap gezet? Ik voelde me een beetje tot haar aangetrokken. Dat was de reden, ik wist het, waarom bij mij alles fout liep. Dat ik die nacht over de camping had lopen dwalen, kwam doordat ik geen meisje had dat me leuk vond...

'Waarom sta je zo naar haar te koekeloeren? Léo, doe normaal.'

'Jullie kunnen gaan,' antwoordde ik. Net een politieagent die zei: u kunt doorrijden.

Adrien knikte koeltjes. Ze liepen weg. Zijn vriendinnetje wierp me eerst een schuchtere en daarna een achterdochtige of zelfs misprijzende blik toe, alsof ze aan een andere gezichtshoek genoeg had om me van een autoriteit te zien veranderen in een gemankeerde, achterlijke grote broer, lichamelijk een kop groter maar in elk ander opzicht veel kleiner. Tevreden bleef ik onder de plant staan, ervan overtuigd dat ze, als het hier niet kon, nergens een plek zouden vinden om te vrijen.

De douches stonden op een verhoogd vierkant onder een dak in Chinese stijl. Van buiten liep je rechtstreeks de cabines in. Terwijl ik in de rij stond te wachten kwam er een meisje mijn kant op. Het duurde even voor ik haar herkende: het was Zoé, de Zoé van Louis. Ze trok koortsachtig aan een sigaret. Op een dag zou ze zo'n diepe haal nemen dat ze erin bleef. Ik merkte dat ze zich voor me interesseerde. Dat kwam zo zelden voor dat ik me niet kon vergissen. Ik staarde naar een punt dicht bij haar, dicht genoeg om haar te kunnen zien, en zag haar inderdaad steelse blikken in mijn richting werpen, waarbij ze nooit zeker wist of ik ook naar haar keek. Ook zij hield het niet meer uit. Ik was niet de enige. Je kon hier niet weggaan zonder het gedaan te hebben, pik in de pocket, zoals Louis het noemde. Je moest op z'n minst één keer geneukt hebben, ook al was het een troosteloze bedoening, één keer maar om alles uit je vakantie te halen, zodat je met een gerust hart kon vertrekken, lichter, van een last bevrijd. Uit de aangespannen voeten onder de deurtjes van de cabines kon ik opmaken wie er masturbeerde. Alle gefrustreerde verlangens eindigden hier; ze ontlaadden zich tegen de wanden en spoelden weg met het water.

'Hoi, jij bent toch de vriend van Louis?'

'Klopt.'

'Hoe gaat het?'

'Goed.'

'Dan mag je blij zijn...'

Ze wachtte tot ik vroeg hoe het met haar ging. Ik liet haar even spartelen, met een soort boosaardig genoegen dat niets voor mij was. Uiteindelijk gaf ze zich gewonnen.

'Met mij gaat het niet zo goed. Ik ben niet meer met Louis.'

'Ach, wat jammer nou.'

'En jij, ben jij nog met Luce?'

'Nee.'

Ze schudde mistroostig haar hoofd. Er kwam een cabine vrij.

'Zullen we samen gaan?' vroeg ze vlug zonder me aan te kijken. 'Dat spaart tijd.'

Ik liep achter haar aan het hokje in. Een paar mensen in de rij floten ons na. Ik ging onder de koude straal staan en deed mijn ogen dicht. Het was lekker. Ik voelde Zoé dichterbij komen. Haar handen streelden mijn armen. Haar bovenbeen gleed tussen de mijne. Haar borsten drukten zich tegen mijn bovenlijf. Ze kuste me en wrikte meteen mijn mond open om er haar tong in te steken. Ik had het gevoel dat ik een asbak uitlikte maar ging door, ik was opgewonden. Een heel lichaam bood zich aan. Ik kon het hier doen, snel de leegte vullen die mijn leven zwaar maakte en het er niet meer over hebben. Ik beantwoordde haar omhelzing. Door onze bruuske bewegingen kreeg ik een stijve, ik kwam al bijna klaar. Maar toen dacht ik aan Luce en aan Oscar, aan Luce en Oscar samen, en er waren zoveel bewegingen en gebaren dat het ineens leek alsof we met z'n vieren in die cabine stonden en alle vier probeerden te vrijen. Ik opende mijn ogen. Zoé ging door. Ze streelde me verwoed en drukte mijn handen tegen haar lichaam. Hardnekkig bleef ze haar best doen. Het water stroomde over haar gezicht, het leek of ze huilde. Ik rukte me los.

'Het gaat niet.'

Ze kon het niet geloven. Ze probeerde te glimlachen.

'Wil je dat ik...'

Haastig liep ik de cabine uit en kreeg de deur tegen mijn gezicht. Ik hoorde Zoé schelden. Buiten keken de mensen me spottend aan en hinnikten als hyena's. Ik vond ze allemaal afschuwelijk, met hun bonte handdoek om hun slappe, magere, gespierde, tot aan de oren gebruinde lijf, blij dat ze konden douchen voor ze aan de borrel gingen, blij dat ze blij waren, en toch allemaal triest en eenzaam op deze camping met zijn rottige drie sterren, die alle drie meteen afgepakt zouden worden zodra Oscars lijk werd ontdekt – was ik nog ergens goed voor geweest.

Ik sloeg op de vlucht. Ik had een bloedneus. Nooit je hoofd achteroverhouden! zei mijn vader altijd, dus liep ik voorovergebogen door terwijl het bloed op de paden droop. Een spoor zodat ik de weg terug kon vinden. Het kwam door de hitte dat mijn neus bloedde, door de stress, door een zwak gestel, door die deur tegen mijn gezicht, of door al die dingen samen. Iemand gaf me een zakdoekje, ik stopte het in mijn neusgat en liet wat ruimte vrij zodat het bloed er nog langs kon. Ik liep leeg. Ik was nog steeds niet schoon maar het kon me niet schelen. Tot voor kort had ik er plezier in gehad, een van mijn weinige pleziertjes, om lekker fris uit de douche te komen en me van top tot teen zorgvuldig af te drogen, zodat er geen korreltje zand meer tegen mijn slippers schuurde. Nu had ik er maling aan. Ik was alles kwijt, zelfs mijn kleinste ongeneeslijke obsessies.

Op het grote plein werden voorbereidingen getroffen voor het avondconcert. Vrijwilligers met een blote bast bouwden het podium op. Er waren bungeetrampolines, opblaasbare springkastelen, speelautomaten en flipperkasten neergezet. Dat zorgde voor een hoop stof. Iedereen was gespannen. Tien lamlendige uren in de zon dreigden tot een uitbarsting te komen terwijl het onweer naderde. De hitte stroomde door onze aderen. De lucht was buitensporig blauw, geladen met elektriciteit. Iemand stemde een gitaar. Het konijn dreef de kampeerders als wild voor zich uit naar het lawaai van de apparaten, de muziek uit de boxen, de cola, de friet, de plakkerige suikerspinnen en al het andere waar ik van moest kotsen – en toch was ik ook hier, ik stak het plein over. Iedereen dacht vast dat ik al dronken was, met die zakdoek in mijn neus, mijn opengesperde ogen... *She's nothing like a girl you've ever seen before... Nothing you can compare to your neighbourhood whore... I'm trying to find the words to describe this girl without being disrespectful...* Bij de receptie stond een politieauto. Het was zover. Er kwam een onderzoek. De helikopter boven zee was niet genoeg. Ze moesten nagaan of Oscar niet aan land was gestorven, gewurgd, weggesleept, dubbelgevouwen, begraven in het zand. Ze zouden me vinden. Het zou nieuws zijn. De kranten stonden op het punt gedrukt te worden. Mijn gezicht zou aangeplakt worden op de reclameborden bij de kiosk van de camping en elders. Aan mijn gebroken ouders zou worden gevraagd of ze na zoiets nog door konden leven. Als je op Google mijn naam intypte kreeg je honderd keer dezelfde foto, beladen met gruwelen die in mijn ogen niet te zien waren. Ze zouden klassenfoto's van de kleuterschool opscharrelen, een rode kringel om mijn gezicht zetten en zeggen: kijk, die was het, die daar... De rest zouden ze vergeten. Al die eindeloze uren en mijn liefde zouden ze vergeten. Misschien kwam er een korte pagina op Wikipedia, met eerst wat vage informatie over mijn geboorte en daarna meteen de misdaad, zestien jaar overgeslagen, alle pijlen gericht op Oscars dood, het proces, de gevangenis.

Ik zocht met mijn ogen de agent die bij de auto hoorde. Ik wilde met hem praten, eindelijk alles bekennen, het moest eruit. Er was niemand. Toen viel mijn blik op Yann, die bij de speelautomaat stond. Hij had nergens last van, die gast, met zijn bekertje bier en zijn vrienden, zijn eeuwige glimlach. Ik liep naar ze toe.

'Hoi. Ik heb het nummer van Luce nodig.'

'Hé, lang niet gezien, hoe istie?'

Ze dreven de spot met me. Ze lachten om mijn gezicht.

'Waarom wil je dat hebben?'

'Ik wil haar een sms'je sturen.'

'Kun je niet gewoon met haar praten?'

'Ik weet niet waar ze is.'

'Dan zoek je haar toch.'

'Geef me nou gewoon haar nummer maar.'

Ik liet me niet intimideren. Ik hoorde mezelf praten terwijl ik van de ene voet op de andere wipte met een bloedsmaak in mijn mond.

'Wat wil je tegen haar zeggen?' dramde Yann door.

Hij keek naar de anderen terwijl hij op denkbeeldige kauwgum kauwde. Hoe kon iemand zo voorspelbaar zijn, dacht ik, zo belachelijk? De meesten van onze leeftijd sloten zich aan bij types als Yann. Iets in hun blik of de toon van hun stem gaf hun het natuurlijke gezag van een leider. Aan de oppervlakte straalden ze iets warms uit, iets gloeiends, wat genoeg was om de ogen van de anderen te laten stralen, ook al was het onder dat oppervlak leeg en kil, zonder enige muziek.

'Kun je antwoord geven als ik tegen je praat?'

'Ik vroeg haar nummer.'

'Dacht je nou echt dat Luce op jou zat te wachten? Wat moet je van haar? Je laten ontmaagden, is dat het?'

'Ooooooh!' riepen de anderen.

'Nee, ik hou van haar,' zei ik met een lachje.

Daar raakten ze van in de war. Ik genoot van het moment. Ik wilde dat de boel uit de hand liep.

'Je bent totaal gestoord, ga naar huis.'

'Wat, jullie geloven niet dat ze van mij houdt? Van wie houdt ze dan? Van Yann? Nee... van Oscar soms?'

Yann deed een stap naar voren en pakte me beet. Een opgetogen gemompel ging door de groep en ze kwamen allemaal om ons heen staan. Uit het niets dook Louis op, struikelend. Hij trok Yann aan zijn arm.

'Laat hem met rust!'

'Donder op, homo.'

Louis trilde maar bleef aan Yanns arm trekken terwijl hij me niet-begrijpend aankeek, want ik lachte naar hem, net als naar de anderen. Yann gooide hem op de grond. 'Knokken!' riep iemand achter me. Ik stortte me op Yann. Een paar jongens probeerden me tegen te houden, anderen moedigden me aan. Alle klappen die ik nooit had gegeven, alle klappen die ik had geïncasseerd, alle klappen waar ik van had gedroomd en alle klappen die ik onterecht had zien geven – allemaal kwamen ze op hem neer. Dat ik nooit eerder had gevochten kwam omdat ik bang was dat ik mezelf pijn zou doen, dat ik mijn handen zou beschadigen. Maar als die barrière wegvalt, wint de grootste gek, degene die de ander echt pijn wil doen, echt wil verminken. Ik sloeg Yann, en in zijn ogen zag ik die van Oscar, ik sloeg harder en de herinneringen kwamen terug, ik zag mezelf weer naar Oscar kijken en sloeg opnieuw. Armen pakten me vast en trokken me weg. Het konijn en andere personeelsleden grepen in. Ze haalden ons uit elkaar. Yann bleef bloedend op de grond liggen. Mijn gezicht bloedde niet. Bij mij zat het bloed aan mijn handen.

'Laat je nakijken, idioot die je bent!'

Het konijn nam Yann mee naar de eerste hulp. Ik liep weg. Niemand durfde bij me in de buurt te komen, zelfs Louis niet. Ik sloeg een pad in, een van de paden waar ik die dag al tientallen keren had gelopen. Ik kon niet meer. De mensen die naar me gaapten vormden een soort haag. Sommigen scholden me uit, ze wilden me in stukken scheuren, verslinden. Misschien wisten ze het, misschien vermoedden ze dat Yann niets te betekenen had, dat die paar klappen op zijn bek niets waren in vergelijking met Oscar, die dood was door mij. Het net sloot zich aan alle kanten. En toch kwamen ze me niet arresteren. De politie was ergens anders aan het zoeken. Ik was nog altijd vrij en zelfs de nacht liet op zich wachten, talmend als een mes dat zachtjes tegen mijn keel werd gedrukt.

*

In mijn tentje was het stil. Aan het eind van de dag was het er draaglijk. Schaduwen en geluiden gleden over het doek. Er liepen mensen langs, nietsvermoedend. Ik probeerde rustig adem te halen. Beelden van liefkozingen en van zand liepen in mijn hoofd door elkaar. Ik kon ze niet meer verjagen. Buiten bleven de golven op het strand slaan, ik hoorde ze in de verte. Het hield niet op. Het roze konijn zou ook morgen en de dagen daarna rondhuppelen. Als augustus voorbij was zou het weer augustus worden. Net als in alle andere slapeloze nachten, vochtig, warm en vol muggen, schoof ik mijn hand in mijn zwembroek. Een beetje endorfine voor het slapengaan. Jezelf lusteloos en vreugdeloos aftrekken, een paar keer, tot je uitgeput was. Maar zelfs dat lukte niet meer. Alles bleef slap. Door het doek heen hoorde ik zingen. Iedereen had lol. Een lange stoet maakte lawaai rond mijn tent. Wat is het verschil, dacht ik, met al die keren dat ik me hier verstopte en lag te wachten tot iedereen weg was? Wat is er sindsdien veranderd? Ik ben wat ouder geworden. Ik heb een meisje gezoend, daarna ben ik haar kwijtgeraakt. Oscar is dood. Oscar is dood omdat hij dood wilde, omdat hij ongelukkig was en op het idee kwam die touwen om zijn nek te wikkelen, zodat er iets gebeurde. Oscar is dood vanwege de mensen die hem niet begrepen. Oscar is dood vanwege mij omdat ik geen vinger uitstak, en ik stak geen vinger uit omdat ik dat op dat moment niet kon, ik ging liever dood, net als hij, en we keken naar elkaar en zagen elkaar doodgaan, terwijl de anderen dansten.

*

'Léo... Léo...'

Een hand vond mijn tent en opende de flap. Het gezicht van Louis verscheen, met een kapotte lip door de dreun van Yann. Hij had Bulle aan de lijn.

'Ik kom je hond brengen... Hij lag verstopt onder een struik... Ik bind hem vast aan een boom, oké?'

Oké. Hij was rustig, hij maakte geen ruzie. De zon stond weer wat lager aan de hemel, dat was goed. Louis bond Bulle aan een boom en kwam terug.

'Mag ik binnenkomen?'

Hij zat in kleermakerszit in mijn tent. Er was niet genoeg plaats voor z'n tweeën, tenzij je languit tegen elkaar aan lag.

'Hij lag vlak bij een van die opblaaskastelen. Daar komt aan de achterkant frisse lucht uit. Dat vinden honden fijn.'

Ik glimlachte om hem te bedanken. Mijn huid trok.

'Hoe gaat het, Léo?'

'Heel goed.'

'Bedankt dat je voor me opkwam... toen ik voor jou probeerde op te komen... daarnet.'

Hij keek naar mijn lichaam. Hij durfde niet te zeggen dat ik verbrand en vuil was.

'Na die vechtpartij kwam ik Luce tegen op het plein. Ik heb met haar gepraat. Ze vertelde wat er tussen jullie is gebeurd, wat je hebt gedaan... Ik heb daar geen mening over. Ik merkte alleen dat ze je graag mag en het heel jammer vindt. Ik denk dat je naar haar toe moet gaan om sorry te zeggen, dat helpt misschien.'

'Het kan me niet schelen.'

'Haar wel.'

'Hou erover op.'

'Ik weet dat je haar echt graag mag.'

Ik schudde mijn hoofd. Het begon plotseling, spontaan.

'Niet huilen, man.'

Ik huilde. Dat was lang geleden. Mijn tranen trokken sporen in het stof. Louis sloeg zijn armen om me heen. Terwijl ik tegen hem aanleunde, bleef ik huilen. Zijn handen lagen op mijn schouders. Ze gleden langs mijn armen omlaag en pakten mijn handen, de toppen van mijn vingers. Zijn hoofd boog zich naar mijn hals. Trillend kuste hij me daar. Ik begreep het niet. Ik had nooit begrepen, nooit gemerkt hoe Louis de afgelopen dagen naar me keek. De zon had mijn hersens verdoofd en alleen mijn huid overgelaten om iets te voelen. Wat had hij de hele dag gedaan? Hij kuste me weer om me niet aan te hoeven kijken. Ik hield hem niet tegen. Het enige wat ik voelde waren twee vochtige lippen – en alle triestheid en eenzaamheid die op deze camping schuilgingen onder het gelach en het geluid van de golven. Zachtjes trok ik mijn handen terug. Hij bleef roerloos zitten, met zijn gezicht tegen mijn hals. Ten slotte kwam hij overeind. Ook hij had rode ogen. Hij glimlachte om zijn tranen te bedwingen.

'Sorry.'

'Ik moet slapen.'

'Ik laat je met rust.'

Hij ging weg. Zijn schaduw gleed aan de andere kant over het tentdoek. Het liefst had ik op dat moment alles in één keer bekend. Hij kwam terug.

'Léo, zeg het alsjeblieft tegen niemand.'

Beloofd, dacht ik, of misschien zei ik het ook zachtjes. Beloofd, ik zeg niets over jou of over Oscar. Ik zeg niets behalve de gebruikelijke clichés als iemand vraagt hoe het met me gaat. Ik slikte mijn bekentenis in als een fluim. Hij maakte met zijn hand een gebaar alsof hij afscheid nam. Terwijl hij niet ver weg ging. Je kon de camping niet zomaar verlaten. We hadden nog een nacht te gaan. De vakantie perste ons uit tot we leeg waren.

Ik ging liggen en viel in slaap.

*

Mijn ouders maakten me wakker. Ze kwamen terug van een fantastische borrel met bingo, ze hadden een bon gewonnen voor een gratis verblijf op de camping in oktober. Ze vonden me lusteloos. Het was zo lekker buiten nu de zon niet meer zo fel scheen. Waarom zat ik hier in m'n eentje? Om me op te vrolijken stelden ze voor te gaan eten in het beste restaurant van Dax. We zouden niet te laat terug zijn, zodat ik nog genoeg tijd had voor een laatste avond met mijn vrienden, mijn vriendinnetje misschien...

'Hou op.'

*

Kampeerders die uitgaan in de stad zijn makkelijk te herkennen. Ze kijken om zich heen alsof ze alles voor het eerst zien. Ze laten zand achter op het asfalt. Ze letten niet op de stoplichten als ze oversteken en verongelukken soms bijna omdat ze uit een andere wereld komen, de rest zijn ze vergeten.

De zon ging onder. Ook ik was het allemaal vergeten. De godganse dag had ik niets anders gezien dan de camping, ingesloten tussen de weg en de zee.

Nu zag ik weer gebouwen, bussen, elektrisch licht, en ik ving het geroezemoes van voorbijgangers op. Met elke stap groeide mijn eenzaamheid. Niet alleen op de camping wist niemand het. Ook daarbuiten wist niemand het. Ik had niet aan de straten en de andere landen gedacht, aan de wereld die door bleef draaien toen ik iemand begroef. Oscar vormde onder het zand het middelpunt en daarvan kon ik me verwijderen. Toen de horizon zich opende, zag ik in de verte andere steden en de grote wegen. Het waren vluchtroutes. We waren hier met de auto gekomen, we konden met de auto ook weer weg. De rest van ons gezin en Bulle liepen rustig naast me. Ik had opeens kunnen jammeren, over de grond rollen, krijsen als een klein kind tot ze besloten de laatste nacht te annuleren en meteen naar huis te rijden. Het was mogelijk geweest als ik de boel had geforceerd. Maar ik had honger. Sinds de vorige dag had ik bijna niets gegeten. Ik wilde een steak met friet en sla die je laat staan. Op z'n minst één pleziertje. Daarna zien we wel weer, dacht ik.

*

Mijn ouders namen de laatste happen van hun dessert. Ik zat onderuitgezakt op mijn stoel te soezen.

Ik had veel gegeten en veel gedronken, wijn, om me goed te voelen. Mijn ouders vonden het leuk als ik wijn dronk. Ik keek op mijn telefoon. Niks. Niemand wist dat ik naar Dax was, niemand vroeg zich af waar ik was. Luce was me vergeten.

'Wat ben je stil, Léonard.'

'Mag ik naar de vissen in het aquarium gaan kijken?' vroeg Alma.

'Dat is goed, maar niet verder dan het aquarium, hè.'

Ze liep weg.

'Je zou een beetje je best kunnen doen, Léonard, voor ons is het ook de laatste avond.'

'Ik ga buiten even bellen,' zei Adrien.

Ook hij ging weg en ik bleef alleen achter met hen en hun vier op mij gerichte ogen. Mijn moeder lachte naar me en haalde diep adem.

'We begrijpen best dat je met je gedachten ergens anders bent... We hopen alleen dat alles goed gaat, in elk opzicht.'

'Ook emotioneel,' vulde mijn vader aan.

Ze wierp hem een boze blik toe. Ik dacht aan alle keren dat ze me hadden gevraagd hoe het met de liefde stond. Bemoei je er niet mee. Met de liefde staat het slecht. Anders zou ik er wel over praten.

'Hoe dan ook,' vervolgde mijn vader, die ook aangeschoten was, en dan kreeg hij altijd zin om open en eerlijk met ons te praten, 'hoe dan ook, als wij je in de weg zitten moet je het zeggen... Als je bijvoorbeeld graag eens, eh...'

'Iemand mee naar mijn tent neem?' vroeg ik plompverloren.

Mijn moeder lachte nerveus, mijn vader haalde glimlachend zijn schouders op.

'Bijvoorbeeld.'

'Om wat te doen?'

Ze geneerden zich. Eindelijk gaf ik ze wat ze wilden en ze geneerden zich, ze begonnen te zweten alsof ze in de zon zaten.

'Om met een meisje te slapen?'

Mijn moeder keek snel de andere kant op, maar mijn vader gaf geen krimp, hij lachte schalks, vrijuit, mannen onder elkaar...

'Haha, bijvoorbeeld, ja, maar dat is jouw zaak, Léo...'

'Nee, dat boeit me niet.'

Mijn moeder haalde weer diep adem. Ik wist wat er kwam.

'Luister... wat ook je... je geaardheid is, wij oordelen niet. Nooit.'

'Stelletje mafkezen, dat heeft er toch niks mee te maken.'

'Tuttut... wat mankeer je?'

'Ik heb gewoon geen zin, jongen, meisje, wat boeit het.'

Ze begrepen het niet. Dat deed me goed. Ik wilde

dat zij zich ook rot voelden, en dat ze ophielden met mij over seks te praten en subiet een rode kop te krijgen. Ik dronk hun wijn op. Mijn vader pakte me bij mijn arm.

'Léonard, wat is er aan de hand?'

'Laat me los.'

Ik duwde hem weg.

'We willen je alleen maar helpen.'

'Nee, jullie willen dat ik een meisje meebreng, dat is het enige waar jullie aan denken.'

Er viel een stilte. De andere gasten keken naar ons. Mijn vader stond langzaam op en ging afrekenen. Alma begreep niet wat er was. Ze staarde naar me vanaf de andere kant van het restaurant, met gefronste wenkbrauwen, een hand tegen het aquarium. Mijn moeder deed haar best om niet te huilen. En daarna keek ze me indringend aan, alsof ze me wilde vragen alles te vertellen, nu, eens en voor al, zolang we alleen waren. Ze pakte mijn handen en kneep erin. Ook ik stond op het punt in tranen uit te barsten. Het was te veel voor één dag. Bijna had ik iets gezegd, en toen, nee, shit, toch niet. Het ging gewoon niet.

Buiten was het donker. Adrien stond bij een lantaarnpaal te bellen. Het was al laat. Mijn telefoon trilde, mijn hart maakte een sprongetje. Het was een sms'je, het eerste die dag: *Louis heeft me je nummer gegeven. Kom naar het strand, er is een feest. Luce.*

*

We reden terug naar de camping, over de eindeloze, met pijnbomen omzoomde wegen van Les Landes, waar je je oriëntatie kwijtraakte. Niemand durfde iets te zeggen. Bulle lag naast me te hijgen. Alma hield mijn hand vast. Ik voelde de kille blik van Adrien. Ik staarde naar de lichtjes op het dashboard en luisterde naar de warme stem op de radio. Een reporter had het over de hittegolf, een klimatologische gebeurtenis van buitengewoon belang, de ergste in Europa sinds 2003. In Frankrijk waren veel mensen gestorven. De regering was met vakantie. Er waren geen lessen getrokken uit het verleden. De sociale cohesie liep gevaar. Een politieke crisis lag op de loer. Mijn vader zette de radio uit. Wat wisten wij van de schade die de hitte had aangericht? We leefden al twee weken zonder televisie of internet en gebruikten onze telefoon alleen om op het strand te kijken hoe laat het was – behalve Adrien, hij wist waarschijnlijk wel hoeveel doden er waren, maar zei er niets over. We waren afgesneden van de wereld. Buiten de camping was het crisis. Oscar was niet de enige. De hitte had het land gesloopt. Toen de stilte te drukkend werd, zette mijn moeder de radio weer aan. Een paar verslaggevers discussieerden nog steeds over de sociale cohesie en daarna kwam het weerbericht: 'Het aangekondigde onweer zal het zuidwesten ontzien en naar het noorden trekken. Wel wordt er vannacht in de kustgebieden vanuit het westen een storm verwacht met windkracht negen, die gepaard gaat met hoge golven. De getijdecoëfficiënt is hoog. Voorzichtigheid is geboden op zee en aan het strand.'

Op het grote plein was het concert in volle gang. De rockgroep van de camping speelde 'Jump' van Van Halen. Het klonk niet geweldig. Ze hadden geen synthesizer voor de grote akkoorden van de intro, dus speelden ze die op de trompet. Ik hoorde het in de auto toen we langs het plein reden. Het publiek bestond uit ouders met kinderen en loslopende jongeren, de verschoppelingen van de camping, die liever cola dronken dan bier en liever naar een vriendelijk dorpsfeest gingen dan naar het andere feest op het strand, de zwakkelingen, kreupel, neerslachtig, gelaten, te lelijk om het te proberen, de gefrustreerde homo's, de jongens en meisjes die te dik waren, de buitenlanders, degenen die nog te jong waren, degenen die al te oud waren – allemaal mengden ze zich tussen de ouders met kinderen om de pijn niet te voelen, allemaal deden ze alsof ze het leuk hadden, de verliezers, verneukt, aan de kant geschoven, achtergelaten in de berm van onze jeugd.

Onze auto reed door. Mijn mobiel trilde een paar keer. Luce belde en ik reageerde niet. Ik wilde haar laten denken dat ik dood was.

We parkeerden bij onze tent. De lichtslinger maakt een pathetische indruk. Mijn ouders wilden weer praten, ze wilden weten wat er mis was met hun zoon, maar ik liet ze staan.

Ik rende naar het duin. Gaandeweg overstemde de electro op het strand de rockmuziek op de camping. De bassen dreven me voort. De paden lagen er verlaten bij, de kleuren waren verdwenen. De tenten en bungalows vervaagden, het was net zo'n avond als de vorige. Oscar was bijna vierentwintig uur dood. Net zo'n avond, maar dan met wind en het gevoel of ik een lange reis achter de rug had. Opeens flitste het door me heen dat het lichaam slecht verstopt was. Halfslachtig, zoals een kind zich achter een gordijn verstopt. Een beetje wind zou genoeg zijn om de kleren, de huid en de gewurgde hals bloot te leggen. Ik dacht daar nu pas aan omdat ik eerst misschien juist wilde dat hij slecht verstopt was, dat ze hem gauw vonden zonder dat ik aanwijzingen hoefde te geven. Nu moest ik hem dieper begraven. Zo diep dat hij pas over een paar eeuwen bij een archeologische opgraving gevonden zou worden, als er niets anders meer van hem over was dan botten, iets uit een ver verleden, en ik dood was en deze camping van de aardbodem verdwenen. Tegen een bungalow stond een grote strandschep. Ik nam hem in het voorbijgaan mee, als een speer. Iets in de muziek dreef me naar het duin, vol angst en jubelende vreugde, beide gevoelens vermengd op mijn gezicht, of misschien wisselden ze elkaar af in het ritme van de lantaarns die de kruispunten van de paden verlichtten. Ik klom het duin op. Het zand was nog warm. Mijn stadsschoenen zakten erin weg. Boven opende zich een horizon van lichtjes: een vuurtje, telefoonschermpjes, het schuim van de golven in het maanlicht. Geen onweer, maar een warme wind en een enorme deining met steeds hogere golven in de verte. Het was vloed. Het feest vond plaats op wat er van het strand over was. Verspreide silhouetten die dronken en dansten. Het konijn, een roze lichtvlek in het donker, droeg de luidspreker, die de bassen in gedempte golven naar mijn oren stuurde. Het electrogeluid dreunde in mijn borst en opeens verstijfde ik van angst. Het was dodenmuziek, muziek die bij tragedies hoorde en die me ook deed denken aan pornoacteurs die met rollende ogen en tot barstens toe gezwollen aderen eindeloos op vrouwen inbeukten. Een moment lang wilde ik naar iedereen daarbeneden roepen dat ze naar gruwelijke muziek luisterden en dat Oscar dood was. Ik durfde het duin niet af. Ik wilde vluchten. Denk aan Oscar, hield ik mezelf voor. Concentreer je op Oscar. Luister niet naar de muziek. Begraaf Oscar zo diep dat je hem vergeet. Verplaats gewoon zijn lichaam, alsof je thuis bent en het een klusje is op een zondagmiddag. Misschien is het al wel zondag. Het is na middernacht. Je hebt niet veel tijd meer.

Ik liep het duin over, met mijn hoofd omhoog, zoekend naar de strandvlag, mijn oriëntatiepunt. Ik kon hem niet vinden. Waarschijnlijk hadden ze hem weggehaald zodat de wind hem niet meesleurde. Ik wist niet meer waar ik moest zijn. Het enige wat ik zag, was zand. Ik deed het lampje op mijn telefoon aan en zocht de grond af. Daarna kroop ik op handen en voeten rond om te voelen. Op het strand klonk geschreeuw. Er was iets aan de hand. Ik bleef wroeten als een hond, net als de avond ervoor, alles precies hetzelfde maar dan andersom, nu lag Oscar niet op maar onder de grond. Ik hoorde iemand kreunen. Daar heb je hem, dacht ik. Een paar meter lager kroop een gedaante rond. Trillend ging ik erheen, met de schep als een wapen in mijn hand. Maar het was Oscar niet, het was een of andere tiener, zo stoned als een garnaal, die zich voortsleepte op zijn buik alsof zijn benen waren afgehakt. Hij lachte toen hij me zag.

'Tsunami... Kijk uit...'

Een heel klein golfje kwam tot bij ons. De jongen kreeg water binnen maar bleef lachen, hij stikte bijna. De deining was nu zo sterk dat het water over het duin sloeg. Ik liet de schep liggen en liep op de lichtjes af. Waar was Oscar? Een tweede golf kwam tot mijn kuiten. Even later stond ik midden in de menigte, omgeven door gelach en geschreeuw, de wind, de bassen en het lawaai van water dat overal overheen spoelde. Er waren nog altijd mensen aan het dansen. Iemand hield de luidspreker in de lucht. Iedereen was opgewonden. Sommigen vielen en doken een eind verder weer op, hysterisch lachend. Het was gevaarlijk. De muistromen. Er kon iemand verdrinken. Waar was Luce? Ik zocht niet meer naar Oscar. De zee zou tot bij hem komen, hem blootleggen en meevoeren naar een andere plek. Ik zigzagde tussen de dansenden door. Zelf danste ik ook, om de golven te ontwijken. Eindelijk danste ik, zonder angst of schaamte. Iemand gaf me een glas, ik dronk, de alcohol verwarmde me. Ik nam nog een slok. Het konijn herkende me.

'Jou ken ik. Jij hebt me vanmiddag omvergeduwd! En je hebt gevochten op het plein! Ben je wel goed bij je hoofd, kleine etterbak die je bent?'

Hij tilde een poot op om me te slaan, maar in plaats daarvan trok hij me zachtjes tegen zich aan en fluisterde me in het oor: 'Alles is vergeten en vergeven... Hier is alles liefde...'

Ik bleef aan zijn van alcohol en andere viezigheid doordrenkte vel plakken. Plotseling begon hij te lachen en liet hij me los zodat ik viel. Hij verdween in de menigte in een werveling van lichtjes en geschreeuw. Bijna had ik ook geschreeuwd, misschien heb ik het ook wel gedaan. Er werden schijnwerpers op de feestgangers gericht.

'Het hele strand loopt direct onder, kom terug naar de camping.'

Vanaf het duin werd er naar ons geroepen.

'Ga niet op zoek naar uw spullen. Kom terug naar de camping.'

De mensen begonnen naar boven te klimmen. Ik werd omvergelopen en bleef op de grond liggen. Overal dobberden flessen en andere voorwerpen. Misschien dobberde Oscar ook wel ergens rond. De muziek en de lichtjes verdwenen. Ik bleef alleen achter. Het water spoelde over me heen. De branding voerde me mee en langzaam dreef ik door het koude water de zee op. Ik haalde geen adem meer. Een enkele keer zag ik nog een stukje van de lucht. Het water kwam door mijn neus en mond naar binnen. Ik liet me drijven. Ik dacht aan de golven die me op andere dagen omver hadden gegooid, aan mijn onderdompelingen zoals mijn vader het noemde, aan de paar seconden dat ik altijd mijn oriëntatie kwijtraakte en me door de zee heen en weer liet schudden, vol vertrouwen wachtend op het moment dat ik weer bovenkwam. Ik liet hem ook nu zijn gang gaan. Ik verwachtte niets. Er viel iets van me af.

'Wat ben jij in godsnaam aan het doen?!'

Een hand pakte me beet. Luce trok me overeind en sleurde me mee.

'Ben je gek geworden, om nu te gaan zwemmen? Waar zat je? Ik heb je ik weet niet hoe vaak gebeld.'

Ze trok me aan mijn arm mee naar het duin, niet naar de anderen, maar opzij naar de surfershut, die op palen stond. Een golf greep haar pareo, in haar badpak liep ze verder. Ze klom het trapje op, tastte op het dak rond, vond de sleutel, en we gingen naar binnen. Daarna deed ze de deur weer op slot.

Door de kieren tussen de latten drong wat licht en een beetje wind. Het rook er naar zand en natte handdoeken. Buiten bleef het water stijgen, het aaide de palen. Het was een klein hutje, net een boot in de nacht. Ik hoorde Luce ademen, vlakbij. Ze rook naar alcohol. Ik waarschijnlijk ook. Ze kwam nog dichterbij. Ik bleef tegen de muur geleund staan wachten tot zij iets deed.

'De camping loopt onder. Dat is drie jaar geleden ook al gebeurd. Toen was alles kapot, het was vreselijk. Er was toen ook onweer, met enorme hagelstenen waardoor auto's werden vernield en mensen gewond raakten, maar ik vond het wel mooi. Het was weer eens iets anders. Ik ben deze camping zo beu. Het is altijd hetzelfde. Ik weet het nu wel. En ik heb een hekel aan kampeerders. Ze zien er allemaal net zo uit als die klote Les Landes.'

Ze kwam nog iets dichterbij.

'Ik ben mijn pareo kwijt... Waarom had je het daarstraks over Oscar? Oscar boeit me niet. Hij draaide gisteren helemaal door.'

Ze haalde alles door elkaar. Haar hand raakte de mijne en ook bij mij liep alles door elkaar, de alcohol, de door water omringde hut, de buiten ronddrijvende spullen en lichamen, Luce, verdrietig en dronken en zo geruststellend te midden van de brokstukken. Ik kende haar niet. Ik had een hele dag met haar doorgebracht maar kende haar niet, afgezien van haar stem, haar lichte huid en haar droge lippen. Ze kuste me. Toen gebeurde het. Er was niets heftigs aan. Het was als enigszins vermoeide muziek. Geen schokkende sensatie, eerder zoals ik het me had voorgesteld. Het was ook geen bevrijding. Ik kwam klaar en daarna was de wereld nog hetzelfde. Oscar was er nog en de golven waren nog even hoog. Maar er verspreidde zich iets aangenaams door mijn lichaam en ik geloof ook door het hare. Ze omhelsde me. Ik bedacht dat ik verliefd op haar was en dat dit het beste was wat me in tijden was overkomen. Ze viel in slaap.

Ik werd wakker. De wind en de golven waren verdwenen. Op een stapel handdoeken had ik tegen Luce aan gelegen. Haar arm lag onder mijn nek en onze hoofden raakten elkaar. Behoedzaam maakte ik me van haar los en verliet de hut. Buiten was het rustig. De lucht had al een roze gloed. De zee had zich teruggetrokken, maar 's nachts was het water over het duin tot aan de camping gestroomd. Het had een strand achtergelaten dat ik niet herkende. Bobbels en kuilen waren van plaats veranderd. Een flink stuk van het duin was weggeslagen. Ik liep een eindje over het doorweekte zand, bezaaid met overblijfselen van het feest. Zodra het ochtend werd zouden ze worden opgeruimd. Voor die tijd moest ik Oscar vinden. Maar ik kreeg het koud. Ook hier zou het winter worden. Al die moeite, waarvoor? Ik ging terug naar Luce en vlijde me tegen haar aan. We konden nog een paar uur slapen.

*

De ochtend kroop door de kieren. Luce nam veel plaats in terwijl ze sliep. Ze zweette. Uit haar half-open mond kwam een sterke geur. Ze bewoog, ze duwde me naar de rand van de stapel handdoeken, alsof het een bed was. Ze maltraiteerde me en ik liet haar geduldig haar gang gaan. Ik had het uren in die positie kunnen uithouden, met pijnlijke botten maar met een glimlach om mijn lippen, getroost door het besef dat zij lekker lag. Af en toe wilde ik haar schouder kussen, maar ik durfde haar niet te storen. Ik keek naar haar en wachtte tot ze wakker werd. Ik droomde met open ogen... Ik heb Luce leren kennen en wij blijven samen. De slechte jaren liggen achter me. Ook het ergste ligt achter me. Oscar is meegevoerd door de zee. Hij drijft nu ver van ons vandaan in de richting van Amerika. Op een dag stopt hij met dobberen en zinkt hij naar de bodem, dat is alles. Wij zullen ergens wonen. Jaar in jaar uit zal ik boete doen. Ik zal net zoveel goeds doen als ik deze augustusmaand heb verknald. Ik zal mijn schuld in stilte afbetalen. Niemand zal ons komen halen of ons ergens toe verplichten. We zullen in het bezit zijn van een geweer om op roze konijnen te schieten.

Ze werd wakker. Ze ging rechtop zitten en rekte zich uit, meteen al ongeduldig.

'Alles in orde, Léo? Heb je goed geslapen?'

'Heel goed.'

Ik wilde haar kussen, maar ze begon te gapen. Ze pakte haar telefoon.

'Het is al negen uur!'

'Oké. Wat wil je dat we doen, Luce?'

'Je ouders vertrekken om tien uur, neem ik aan, net als iedereen. Je moet opschieten.'

Het goede gevoel dat ik had begon te vervagen. Ons condoom, het exemplaar dat ik van Louis had gekregen, lag op de grond. Ik had geaarzeld of ik het weg moest gooien toen Luce nog sliep, maar had het toch laten liggen. Ik had gedacht dat we er lachend naar zouden kijken, samenzweerderig, dat we misschien opnieuw zouden vrijen en daarna hand in hand naar het grote plein zouden wandelen om te brunchen, vermoeid na onze eerste nacht samen. Maar zij kon haar ogen niet van haar telefoon afhouden en beantwoordde glimlachend haar berichtjes.

Ze kuste me op mijn wang en alles werd weer fantastisch. Ik kuste haar steviger terug, als een dik dankjewel.

'Bel je ouders nou even,' zei ze.

'Ik heb mijn telefoon in het water laten vallen.'

'Shit.'

'Geeft niet. Er zijn erger dingen.'

'Neem de mijne maar.'

Ze gaf hem en ging weer liggen. Ze deed totaal niet haar best om bij me in de smaak te vallen, dat was duidelijk. Haar gebogen hoofd bezorgde haar een onderkin.

'Ik taai vandaag ook af. Ik denk niet dat ik ooit nog op deze camping kom. In september ga ik naar Bordeaux om rechten te studeren. Dikke kans dat ik daar dan ook de zomer doorbreng.'

Hoeveel kilometer was het van Bordeaux naar Lorient? Waarschijnlijk niet zoveel, in vergelijking met de afstand tussen andere steden of andere landen. Ik zocht op Google om het te checken en dekte het schermpje af met mijn hand, tegen het zonlicht, ook al was dat er niet. Ik gebruikte dat trucje altijd als ik deed of ik berichtjes verstuurde, 's avonds op het strand, om niet te hoeven dansen. Niemand had het door.

'Bel je ze nou nog of hoe zit het?'

'Ja ja...'

Even zag ik mijn mobiel voor me in de diepte van de zee met alle gemiste telefoontjes van mijn moeder.

Daarna keek ik naar Luce en kon ik me niet meer inhouden.

'En hierna?' vroeg ik terwijl ik haar voor het eerst diep in de ogen keek.

'Hoezo hierna?'

'Hierna... wanneer zie ik je weer?'

Ze keek verbaasd.

'We wonen ver van elkaar.'

'516 kilometer.'

Ze glimlachte en keek me vriendelijk aan, vriendelijk, meer niet, en ik kreeg een brok in mijn keel.

'Ik zal je toevoegen op Facebook. Léonard hoe?'

'Ik zit niet op Facebook.'

'Meld je dan aan.'

Ik knikte een paar keer.

'Het spijt me... Vakantie is niet hetzelfde als de rest van het jaar, snap je?'

'Ik snap het.'

'Ik vind je wel heel aardig, Léo.'

'Ik jou ook, Luce.'

Ze kuste me op mijn wang en omhelsde me. Ik huilde even en daarna was het over.

*

'De ouders van het meisje dat aan het poedelen is in de plas tegenover de barbecues worden verzocht haar te komen halen...'

Buiten was het druilerig, bijna koud. Alles op deze zondag was triest en sloom. De grond was doornat, modderig, vol plassen en beekjes. De kampeerders groeven greppels en legden hun spullen in een zon die er niet meer was. Het leek wel een slagveld. Overal lagen tubes zonnebrand en luchtbedden. Alles was met een grauwsluier bedekt. Alleen de kinderen bleven lawaai maken en rondrijden op hun fietsjes omdat ze nu eenmaal op vakantie waren, en dat maakte het nog erger. Het rook naar herfst en de kater na een feest. Ik wilde weg. Oscar plakte nog steeds aan mijn huid, slijmerig en klam als zeewier, rottend en weerzinwekkend. Ik herinnerde me zijn ogen niet meer.

Luce ging mee naar mijn tent. We liepen zwijgend naast elkaar. Plotseling schoot Bulle voor ons langs, met een olijke weglopersssnuit. Mijn vader rende achter hem aan.

'Hier jij, doerak!'

Hij slaagde erin de lijn te pakken, maar viel toen languit in een plas. Hij kwam overeind en keek kwaad naar Bulle tot hij ons zag. Ik merkte dat Luce mijn hand vast had gehouden, want op dat moment liet ze hem los.

'Hallo,' zei mijn vader.

'Dag meneer,' antwoordde zij.

Hij kreeg een kleur. Het bloed steeg naar zijn hoofd tot aan zijn oorlelletjes. Hij liet de lijn los en Bulle wilde er alweer vandoor, maar mijn moeder kwam aanlopen en raapte de lijn weer op.

'Hallo.'

'Dag mevrouw.'

'We hebben je gezocht,' zei ze tegen mij.

Ik knikte.

'Alles goed met jullie?' vroeg mijn vader. Met een nerveus lachje spreidde hij zijn armen.

'Heel goed, dank u, en met u?'

'Ja ja, heel goed, ook al is het nooit leuk om te vertrekken.'

'We komen volgende zomer terug,' voegde mijn moeder eraan toe.

'Waarom gaat u niet naar Bordeaux? Het is mooi daar.'

'Dat is waar, Bordeaux is mooi.'

Bulle keek naar ons vieren alsof we niet goed snik waren. Luce wendde zich tot mij.

'Nou, dan ga ik maar. Tot ziens, Léo.'

'Tot ziens.'

Zonder enige waarschuwing zoende ze me op mijn mond. Mijn ouders wisten niet waar ze moesten kijken en hadden het opeens heel druk met Bulle. Luce lachte naar me. Ze keek blij en bedroefd tegelijk en daardoor vond ik haar nog geweldiger. Ik besefte dat ik haar voor het laatst zag. Ik wilde nog met haar praten maar ze ging al. Pas toen ze weg was, durfden mijn ouders mij aan te kijken. Ze waren verlegen en trots op een manier die ik nog nooit bij ze had gezien. Opeens hield ik van ze.

'Zullen we gaan?'

'Ja,' antwoordde mijn vader terwijl hij in beweging kwam. 'Yes yes yes, go.'

*

Ze hadden de tenten al ingepakt, we hoefden alleen nog te vertrekken. De plek zei ons niets meer. Het was een leeg stuk gras. Ergens op deze plek had ik vijftien nachten doorgebracht. Vijftien keer was ik opgestaan, terwijl de anderen sliepen, en was ik blindelings naar de heg gewaggeld om te pissen, mijn treurige prop wc-papier met sperma in de vuilnisbak te gooien en weer in mijn tent te gaan liggen. Daar was niets meer van te zien. Morgen zou er misschien al een ander gezin op onze plek staan en aan zijn vakantie beginnen. Nummer 330. Geluk verzekerd voor amper twintig euro per nacht, al decennialang en voor eeuwen en eeuwen. We tilden de fietsen op de fietsendrager, bonden ze vast en stapten in. We reden over de paden, zachtjes, voorzichtig, om geen kinderen te overrijden. Ik zat stijf rechtop vanwege de bagage. Bulle lag teleurgesteld in zijn mand. Alma en Adrien zaten ook niet lekker in hun vel. Ze moesten weer naar school. Vlak bij het sanitairgebouw kwamen we het roze konijn tegen, dat niet echt roze meer was maar bruin, vuil, verpieterd. Het droeg een krat met lege bierflesjes. Het had zijn konijnencapuchon afgedaan. Het was een man van een jaar of dertig met een vermoeid gezicht. Zijn brede, geschilderde grijns leefde voort op de capuchon, die als een slecht afgehakt hoofd op zijn rug hing.

Mijn ouders namen een kerkelijke stilte in acht ter ere van hun grote zoon, die gelukkig en ongelukkig tegelijk was na zijn eerste zomerliefde. We reden over het grote plein. Er stonden en liepen verschillende agenten. Ik deed mijn ogen dicht. Mijn vader parkeerde bij de receptie.

'Ik ga betalen.'

Hij stapte uit. We wachtten. Niemand zei iets.

Ik was bang. Misschien voelde ik voor het eerst de naakte angst om gepakt te worden, zonder dat er andere angsten doorheen speelden. Mijn hart klopte in mijn slapen. Ik dacht aan luchthavens en douanebeambten. Mijn vader stond binnen te discussiëren. Het duurde te lang.

'Trouwens, Léo,' zei Adrien zonder zijn ogen van zijn telefoon te halen, 'die vriend van jou, Louis, daar is iets geks mee gebeurd.'

'Wat dan?'

'Een paar jongens zagen hem vanochtend in alle vroegte op het strand. Kennelijk zag hij er belabberd uit. Hij ging in zijn nakie zwemmen. Hij stak zijn hoofd in het water om op zijn buik te drijven, heel normaal, alleen bleef hij best lang zo liggen, ik bedoel, veel te lang.'

'Wat is dat voor verhaal?' vroeg mijn moeder en ze draaide zich om.

Ze keek me vragend aan, alsof ik het antwoord wist.

'Uiteindelijk,' vervolgde Adrien, 'is er iemand van de reddingsbrigade naar hem toe gegaan en die heeft hem uit het water gehaald. Maak je geen zorgen, het gaat goed met hem. Maar het was wel raar.'

Ik knikte en keek naar buiten. Ik legde mijn hand op de klink van het portier.

'Léonard? Wil je uitstappen? Wil je nog naar je vriend voor we wegrijden?'

'Nee, het is goed.'

Mijn vader kwam terug.

'Geregeld. Tijd om dag te zeggen tegen Les Landes.'

'Papa, waarom is er politie?'

'Dat is geen politie, schatje, dat is de gendarmerie.'

'Waarom is de gendarmerie er?'

'Vanwege de overstroming. Zeggen jullie nog dag tegen Les Landes?'

'Nee hoor, ze zijn hier voor iets anders,' verbeterde Adrien hem. 'Er is een jongen verdwenen.'

‘Is dat zo?’

‘Ja, dat is zo.’

‘Hoe weet je dat allemaal?’ vroeg Alma.

‘Omdat ik een slimme jongen ben, zusje.’

Mijn moeder zweeg. Ik hield mijn ogen op haar gericht.

‘Goed... zeggen jullie dan nu dag tegen Les Landes?’ herhaalde mijn vader, die weinig belangstelling had voor de rest.

‘Tot ziens, Les Landes!’

Hij startte de auto. We reden door de poort. Toen we de weg opdraaiden keek ik om en verrekte ik bijna mijn nek om nog een laatste keer de camping te zien, en ik dacht dat ik Claire herkende op het grote plein. Maar de bagage belemmerde me het zicht en de camping verdween.

*

Alma was al in slaap gevallen. Adrien zat op zijn telefoon. Er kwam geen eind aan de pijnbomen. We moesten een hele tijd rijden voor ze ophielden. Ik staarde ernaar, zodat ik niets anders hoefde te zien. Het was moeilijk. Geleidelijk aan slopen er andere beelden in de ruimte tussen de bomen: Luce die haar pareo zoekt die ze op het strand heeft verloren; ze vindt hem in het hoge gras, vlak bij het natte, vuile lichaam van Oscar, daar neergeworpen als een drenkeling die een hele afstand heeft afgelegd.

Ik voelde dat mijn moeder in de achteruitkijkspiegel nog steeds naar me keek. Met dezelfde blik. Ik doorstond hem. Misschien was dat het moment waarop ze alles wist. Onherroepelijk. Ik opende mijn mond. Ik dacht dat ze me tegen zou houden, dat ze zou zeggen dat ik mijn mond moest houden, mijn geheim moest bewaren, maar ze deed niets, ze bleef naar me kijken met haar verdrietige ogen. Ze waren blauw, haar ogen. Dat had ik nooit echt gemerkt.

'Papa, ik ben iets vergeten, kun je omkeren?'

'Natuurlijk.'

'Nee, hè... shit,' zei Adrien.

'Wat is nou tien kilometer? Hup!'

*

'Stop hier maar,' zei ik vlak voor de poort van de camping.

Ik wilde niet dat ze met me mee naar binnen gingen. Mijn vader parkeerde in de berm en zette de knipperlichten aan. Het zou niet lang duren. Ik stapte uit en liep naar de receptie. De auto van de gendarmerie stond er niet meer. Claire was er niet meer. Alles was rustig. Misschien hadden ze Oscar gevonden, ergens op het strand. Even had ik de neiging om te gaan kijken. Maar ik was te moe. Ik had een agent nodig met een onbekend gezicht, iemand die niet vreemd opkeek van afschuwelijke dingen. Ik zou hem alles vertellen en dan was het voorbij. De vrouw bij de receptie was verdiept in haar papieren, ze zag me niet. Ik sloop een gang in. Hier was ik nog nooit geweest. Je dacht hier niet aan vakantie. In een vertrek waarvan de deur openstond vond ik mijn agent. Hij zat een salade van geraspte worteltjes te eten, zo uit de verpakking.

'Mag ik u even storen? Ik wil met u praten.'

'Zeg het maar.'

Ik deed de deur dicht en ging tegenover hem zitten. Hij keek verbaasd. Hij nam nog een paar happen en stopte toen met eten. Hij wachtte tot ik iets zei.

'Oscar is vrijdagavond gestorven. Ik weet zijn achternaam niet, maar het is de jongen die vermist wordt. Ik heb hem vermoord.'

Hij staarde me aan.

'Blijf hier zitten!'

Hij maakte aanstalten om op te staan, maar juist op dat moment klonk er een muziekje: *This is the rythm of the night...* Zijn telefoon ging. Hij kreeg een kleur en begon in zijn broekzakken te woelen, in zijn jasje, in zijn tas. *This is the rythm of the night...*

Hij kan hem niet vinden, zijn telefoon blijft overgaan. Door het raam komt een koelere wind naar binnen, of het moet de ventilatie zijn. De hittegolf is voorbij. Op de camping is het stil, alsof iedereen al naar huis is. Waar zou Luce zijn? Ik weet het niet. Buiten knippert met regelmatige tussenpozen een kapotte frisdrankautomaat. *This is the rythm of my life...* Het muziekje blijft maar willen dat ik dans.